Praise for the Klail City Death Trip Series

"Like Faulkner, [Hinojosa] has created a fictional county, invested it with centuries of complex history, and populated it with generations of families and a host of unique characters."

—World Literature Today

"Although his sharp eye and accurate ear capture a place, its people and a time in a masterly way, his work goes far beyond regionalism. He is a writer for all readers."

—The New York Times Book Review

"Rolando Hinojosa has established himself as sole owner and proprietor of fictional Belken County, which, like the author's native Mercedes, is situated in the Lower Rio Grande Valley. If Belken is the Lone Star Yoknapatawpha, Hinojosa is its Faulkner."

—The Texas Observer

"The Klail City Death Trip series continues to evolve both as a criticism and a celebration; altogether the novels constitute a lovingly accurate recreation of Valley people, politics, speech, social attitudes—even the weather." *—Austin American-Statesman*

Klail City

Klail City
y sus alrededores

Rolando Hinojosa

Arte Público Press
Houston, Texas

Klail City / Klail City y sus alrededores is made possible by grants from the City of Houston through the Houston Arts Alliance and the Texas Commission on the Arts. We are grateful for their support.

Recovering the past, creating the future

Arte Público Press
University of Houston
4902 Gulf Fwy, Bldg 19, Rm 100
Houston, Texas 77204-2004

Cover design by Mora Des¡gn
Cover photo by Adelaida Mendoza

Hinojosa, Rolando.
 Klail city = Klail City y sus alrededores / by por Rolando Hinojosa.
  p. cm.
 In English and Spanish.
  ISBN 978-1-55885-799-5 (alk. paper)
  1. Mexican Americans—Fiction. 2. Rio Grande Valley (Colo.-Mexico and Tex.)—Fiction. I. Hinojosa, Rolando. Klail City y sus alrededores. English. II. Hinojosa, Rolando. Klail City y sus alrededores. III. Title. IV. Title: Klail City y sus alrededores.
 PQ7079.2.H5K513 2014
 863'.64—dc23
                                                          2014022849
                                                               CIP

♾ The paper used in this publication meets the requirements of the American National Standard for Information Sciences—Permanence of Paper for Printed Library Materials, ANSI Z39.48-1984.

14 15 16 17 18 19 20   10 9 8 7 6 5 4 3 2 1

Contents

Klail City

Rolando Hinojosa

The book is dedicated to Rory, Kathi and to Jim Lee, Tom Pilkington, my colleague Don Graham, Lonnie Bannon, the proposition that men are created equal, my late brother Roy Lee, my older brother Rene and to my friend Tomás Rivera and his memory.

The book is also dedicated to my two sisters, Clarissa and Dora Mae, and to another writer a nephew of mine called Eddie who once wondered aloud why I wasted so much of my time. He now knows I wasn't wasting it; and, he also knows why we enjoyed the bullfights so much: it was the drinking that went along with them.

A long dedication and long in coming and thus overdue. A person who has no place to call home, who has no friends or relatives can still do many things on earth. Many things. But, he can't be a writer; not for long, at any rate.

It took me a long time to find this out for myself.

PROLOGUE

As usual, this writer has made use of friends to help him tell his story; he has also made use of several devices, several techniques. Nothing startling, however. He needed them, and he took them.

He has also made use of three narrators. Rafe Buenrostro, Jehu Malacara and P. Galindo, to help him in the telling of this edition of the Belken County Chronicles of the Death Trip Series. The writer needs all the help he can come up with, by the way. This last shouldn't be taken as an apology or as a form of one; show me a writer who goes around apologizing, and I'll show you a writer in trouble. The literature doesn't need an apology either; show me a literature that does and so on . . .

Three narrators and a cast of hundreds; of the latter, most go around asking why they were put on this earth. The former know full well; and, they know better than to ask.

It's always been that way; nothing new. Now, this writer doesn't live in a cave, by the by. And so, he has also heard of people who claim to have been born again. This writer finds that hard to take, let alone swallow. The writer attributes this attitude to his upbringing and to his father, a man of long intellect but of very short fuses. This writer also notes that those people don't talk about resurrection after three days; at least not yet, anyway.

This, of course, reminds him of a story concerning his father.

My father had heard of a neighbor who claimed to have been reborn, and he went out to see this real, substantial, first-class, genuine miracle and came back with the following report:

"I liked the old one better; he didn't talk as much."

The same could be said about this writer's books; they say what they have to say and then get the hell out of everyone's way.

That's fair enough, isn't it?

3

TIME MARKED AND TIME BIDED

Well now, some of the taxpayers to be seen in Klail City have appeared on other occasions and at other times, in times past, some have scarcely been mentioned at all, and then, of course, there are those who are coming out for the first time; making their debut, as it were.

The number of Texas Anglos to be seen here is scant, but perhaps, understandably so. These fellow Texans of ours are out of place here; out of their element, so to speak. So to speak.

The Belken County Texas Mexicans, on the other hand, are in the majority, but this doesn't mean they ignore the other population; they can ill afford to do so. For their part, the mexicanos are usually ignored, although not always, true, and not forever either. (After all, what physical pain is there that lasts a hundred years?)

Caveat: one shouldn't expect to find legendary heroes here; our taxpayers go to the toilet on a regular basis, sneeze on cue and blow their noses too, as the limerick says. Some raise families, and most of them know Death well enough, but (innocents that they are) they don't pretend to know what it is that usually happens to them *after* death. As a rule, the Texas Mexican, being a Texan, is a hard nut to crack, and this will be seen enough and throughout.

But, back to the heroes for a moment: the reader who looks here for a hero on the order of, say, Ruy Díaz, el Cid (the son of Diego Laínez) will be given short shrift. That reader, simply put, is baying up the wrong mesquite tree: there's nothing there for him to hunt. No heroes, then, although the reader knows, senses, suspects that there are certain and definite ways of being heroic. Showing up for work (and doing it) and then putting up with whatever fool happens to come bobbing along is no laughing matter.

Thus, by refusing to break, by working hard at living and letting live, and neither quitting nor faltering, the mexicano folk know, in great part, what life is like and about. Whatever else is left (a Sunday sermon, say) is hard to take when the pews are wooden and unpaid for, as we say.

Putting up (cf. Resistance) may be genetic; congenital, even. As Don Quijote says: "Anything is possible." It could, of course, be something else; it could be a legitimate product of living and working and putting up day after day with one's fellow citizens. In short, individual and communal heroism calls for patience and forbearance. This makes for a more interesting life, by the way.

And now, on to Klail City (and other places) (here and there).

THE TAMEZ FAMILY

Don Servando, dau. and sons:
Joaquín
Ernesto
Berta, and
Jovita, Don Servando's dau.-in-law-to-be.

Here we go. Jovita de Anda is pregnant, and Joaquín Tamez, the eldest of the three Tamez brothers, has rightfully owned up to it. The outcome to all of this? The truth is: one never knows.

"No! No! No! And not only No, but *Hell* no!"

"Pa, the thing is . . . "

"That's enough, Bertie; you stay out of this. Go on, out to the yard now and leave us alone."

"All right, Pa . . . "

"You, Emilio . . . over here."

"Yessir, Pa."

"You go tell Don Manuel Guzmán that we're doing all right here, and that there isn't going to be trouble, either. All you have to say is that Joaquín and Jovita are getting married this afternoon. And then you ask him—ask, got that?—you ask him that he look in on the de Anda family. We don't want any trouble from that end of it."

"Oh, yeah? Why do we have to *ask* anybody?"

"Joaquín, I'm going to say this one time: shut-the-hell-up! You, Emilio! Any questions?"

"No, Pa. None at all, no."

"On your way, then. Ah, hold it a minute . . . "

"Huh?"

7

"When you get back, I want you to stand there, across the street."

"Sure thing, Pa, be right back."

"Jovita . . . "

"Yessir . . . "

"That door there leads to my wife's room; Joaquín was born there and so was Emilio and Ernesto and Bertie-Babe. And, my wife died there. Now, you on in there and sit on the bed, don't open the door until I say so."

"Yessir . . . "

"Now, you two come with me to the kitchen."

"Couldn't wait, could you? Just had to pull 'em down, didn't you? And now what? This! Good God Almighty, Joaquín . . . "

"Look, Pa, we . . . "

"No; I'm not looking, and I'm not listening, either. No sir."

"But I . . . Pa, you know we want to get married, don't you?"

"Yes, but not like this, Joaquín. I sure as hell didn't want it like this at all. No sir. I wanted things done right, dammit. And I'll tell you why right now: your sister, our Bertie. How do you think she's going to feel at school when her friends . . . ."

"Aw, go on, Pa . . . "

"Well, look who's talking all of a sudden, Ernesto the Mute. Small wonder it wasn't you who . . . Look at me! Neto, one of these days young Cordero's going to bring you up short on account of that sister of his. No! Don't say a word, Ernesto. And when he does, he's . . . "

"Nah, he won't do a thing; he'll chicken out, he . . . "

"And that's where You. Are. Wrong. As. All. Hell."

"Joaquín's right, Ernesto. Young Cordero's tough enough when he has to be, and he's no coward."

"Pa, you still say we're not going to invite the de Andas?"

"Joaquín, I said *no,* and I meant *no.* So, which *word* didn't you understand?"

"But, Pa, Jovita happens to . . . "

"For the last time, Joaquín, neither you nor Jovita have a word to say in any of this. You hang on to that. You two are getting married here. In this house. In that very room where your mother died, and to hell with the witnesses. Ernesto brings the justice of the peace, right here, and that's it. Emilio'll stay out there, the judge and us in here, and you and Jovita marry up, and that's all there is to it."

"And what if the de Andas show up? Then what?"

"They won't! Now, old Don Marcial de Anda might want to come over, but he won't, and I know he won't. Oh, he'll cry and carry on, but that's as far as it'll go."

"Okay, Pa, but it's going on two o'clock."

"Fine. Joaquín, go to the back door and call your sister in; tell her to wait with Jovita in your Mom's room."

"Okay, Pa . . . when's Neto going for the J.P.?"

"Now; right now. Ernesto, don't you be stopping anywhere along the way. You got that? I want you back here before three o'clock . . . Go on, move it."

"But what if the judge's not at home?"

"He'll be there."

"But if he ain't, then what?"

"I said he'd be there, go on, now."

"But if he ain't?"

"GOD-DAMMIT-TO-HELL! Just what . . . ?"

"Hold on, Pa; I didn't mean . . . "

"Look, Neto, I've always given you more rope than the others 'cause you're the youngest and because I promised your Ma I would, but one of these days, I'm going to give you a hiding like you won't forget. You may be twenty-three years old and all, but you're not too old for me to take the whip to."

"What's going on, Pa?"

"Nothing, Bertie; don't worry about it now. Go join Jovita, hon; she's in your Mom's room."

"Pa, it's a bit galling, Pa. I mean, you, ah, you take a lot-a guff from Neto, you know that? Shoot. If either Emilio or I'd talk to you the way *he* does, why, you'd pin our ears back, and they'd stay pinned, too . . . And it's Neto's fault, Pa . . . He's a pain in the ass, Pa . . . Emilio and I are forever getting him out-a scrapes and all. But does he worry? Not him, no sir."

"Listen to me, Joaquín, this house and everything in it is all we got, but it's ours. And when I die, you'll be in charge. So . . . "

"Yeah, I know, I'll be in charge."

"That's right, the one in charge. Ernesto'll have to get along, and he will, don't you worry about that end of it. Now, as for you, well, you're about to be a married man, you'll have to be responsible for the house, Bertie and . . . she's growing up, you know. First thing'll happen, why, she'll run off, elope . . . She's eighteen or nineteen, you know . . . "

"Not her, Pa."

"Hmph! Listen to what I'm saying. You keep an eye out. We're not raising her to be no old maid, but I don't want her winding up like Jovita there . . . "

"Gee, Pa, she'll hear you, they both will."

"Let 'em, and I want Bertie to hear me. As for Jovita, her case is settled: you two'll be married inside the hour, and that's it. She's going to live here; this is her home now."

"Look out the window, Pa. There's Emilio coming up. Want me to call him in?"

"No, he's staying out there. Okay, you're going to be a married man, so cut out the fartin' around, and that's my last word on that. Now, go call the girls and we'll wait for the judge here."

And that's what happened. Jovita de Anda and Joaquín Tamez became man and wife; a family affair that wedding: small, private, sober. The de Andas (quiet, hardworking, industrious and meek) went along and stayed away. That last wasn't their choice, but stay away they did. Jovita was legally married, and that was the important thing.

The neighborhood had itself a time talking about it, but, as usual, the topic was dropped and soon forgotten; nothing new. As time went on, however, Jovita did deliver, and it was a baby girl, a beauty, according to Don Servando. Baptized and christened, the baby was named for her paternal grandmother Gertrudis. Don Servando gained a few years of life on that, and he's still around, giving hell and taking none.

A lot of folks on both sides of the tracks bruit about (in low tones) that the Tamez family is loud, disgraceful, etc. But, to date, no one's picked up the first stone.

For the record: The Tamezes pay their debts on time; they're not about to start suffering fools gladly; and they work like dray horses: hard, steady and for the long pull.

ECHEVARRÍA HAS THE FLOOR

A. Choche Markhan. A Cantina Monologue

B. Doña Sóstenes

C. The Buenrostro-Leguizamón Affair
   a. The Dogs Are Howling

Choche Markham: A Cantina Monologue

Our friend, is he? A champion of the Texas Mexican, you say? Well! When did this come about? What splendid, glorious—miraculous—transformation have we witnessed here? A friend? *Choche* Markham? Ha!

Has that word been so devalued that he can fit it and wear it like a glove? Choche Markham a *friend?* My Gawd, people! Is there no such thing as memory?

Was splitting Olegario Gámez's skull with a Colt .45 the action of a *friend?* Well? Go on, somebody explain *that* piece of business to me, goddammit! Friend!

The man's a coward. To the core! And when it comes to *nerve,* ha! *Nerves* is more like it. Friend! Don't you call *me* friend, no, not if you use it on him. No sir.

Remember those bullocks on the Carrizal land? Big-footed, heavy, lumbering and not worth doodley-squat? Overgrown pieces of absolute shit, right? Well, that's our man, Choche Markham, yeah. That fine, fair friend of the mexicano people! And if you don't *think* he's your friend, just ask him. Yeah, what better authority could you want?

Well? What happens when Don Manuel Guzmán comes into this or any other cantina in Klail? Well? That's right: things get peaceful like, don't they? And if they don't, he'll make damn sure they get quiet. But he won't pull that gun out, and he sure as hell doesn't take you outside, point his finger at you, embarrass you . . . Hell no! But what about our *dear* friend, Choche Markham? Piece of Texas rinche shit. Damright. Outside, where people'll see him.

And listen to this: he's married to a mexicana, did-you-know-that? And how does he treat her? Well? Ha! ¡Qué chingaos!

But family aside, now. The Texas Anglo still thinks that the *rinches* hung that goddam moon up there. That they're tougher than tarred-up cedar posts. Yeah? Well, what the hell happened in the Ambrosio Mora shooting? Young Mora was unarmed. That's right! Van Meers shot young Mora—right there—across those tracks, by the J.C. Penney Store, on a Palm Sunday afternoon as the song says. And you know what? A thousand and one goddam people saw this, and? So? Listen to this. three years! It took the state of Texas three years to get the case going, and when it did, what happened? Well, now here comes old Choche Markham—that great and good friend of ours—yeah, he came over and he swore in as a witness for Deputy Van Meers! For the man who did the shooting and the killing, for Christ's sakes! Jesus, people! Hmph, and I'll tell you this, too, there are still mexicanos up and down this crazy Valley of ours who say that Choche Markham is our friend! Gaaaaaaa-Damn! How many more examples do they want? Do we need?

I don't know, people, really, I don't . . . Are we *that* dumb? Are we *really* that dumb? Is that why we are *where* we are? I mean, if we're among God's dumbest creatures, then let's quit shittin' ourselves and let's admit it. Let's buy the rope for 'em, tie the goddam thing 'round our necks, hand it to them and say, "Go ahead, yank it!"

Well, I say we're *not* dumb. We're foolish as hell sometimes, we can't agree at other times, and we don't even like each other very much either, but Lord Jesus help us, we should *at least* know who the hell the enemy is when we see him.

God . . . The trouble is, it's been going on for years . . . . Before young Rafe Buenrostro here was out-a short pants. When your Dad was killed, son. Yeah. There're some people in this cantina this afternoon who remember that. Yes they do.

And what did Choche Markham—that knight in shining armor—that loving heart, that ball-breaking, Mexican-hating son-of-a-bitch do? Balls! You know what he said, though: "I'll clear it up; I'll get to the bottom of this."

That's what he *said.* Know what he *did?* He scratched his ass, picked his nose and then scratched his ass again. Well, hell! I can do that, and I don't even carry a badge *or* a gun. Now, you know what happened . . . Don Julián Buenrostro went after his brother's killers, and they were killers for hire; they were from across the Río, and they didn't even know who it was they were killing. Didn't care, either; that kind never does. It was for money, see?

Well, they sure as hell didn't spend much of that money 'cause Don Julián caught 'em and did 'em in: just-like-that. And he went *alone,* and that's something our hero Choche Markham just can't *do,* he'll never go alone. No sir.

And get this. He draws his pay from the State, all right, but you can't tell me that the Leguizamón family don't slip him some money now and again! That's *right.*

Choche Markham! Some friend, yeah, sure. Why, if I had any money, I'd give you five, ten, fifteen dollars to show me when and where it was he helped a mexicano . . . and I mean Mexicans other than the kind we all know about. Those mexicanos have been bought and sold so many times, for so many things, by so many people, for oh! so goddam long that they're *nothing* now. They don't even know *what* they are . . .

But don't kid yourselves about Choche Markham, whatever else you may do. Right. You forget once, and you'll wind up like those *vendidos,* those bought-and-sold-out lumps of caca-shit-mierda eaters. *Pendejos, babosos . . .*

Aw, what the hell . . . .

DOÑA SÓSTENES

(About the time I returned from Korea) Doña Sóstenes Jasso, widow to Capt. Carmona, must have been about sixty-five years old and widowed for some forty-odd of those sixty-five years. The widowhood was the handiwork of José Isabel Chávez, a baby-faced, freebooting guerrilla leader who lined up Mexican Army regular Jacinto Carmona (Capt., Cav.) against a wall in Parangaracutiro, Michoacán, and ordered him shot along with eleven others in Carmona's mounted patrol.

Doña Sóstenes and her sister Herminia came to Klail City in 1915; Herminia, the younger of the two, became my Uncle Julián's first wife. Me, I was bartending during the summers at Lucas Barrón's place, the Aquí Me Quedo*, when one day Doña Sóstenes walked by, grandson in tow, as I was serving Esteban Echevarría a cold Falstaff.

A beer, Rafe; just the one more I need to get going here. I've got a good head of steam, boys, so step aside. . . . Sóstenes, Sóstenes, I'm one of the ones who knew you when, yes I am, and I can say it again: *I knew you when . . .*

Ours is an old generation, boys, even though I got her beat by some twenty years there; I first saw her and that sister of hers back in '17 or '18, I think it was; at any rate, it was right before they paved the streets here in Klail, and she wasn't skinny then, boys, and she wasn't dried up either. No sir. That widow of Cavalry Captain Carmona was a traffic stopper; yes, those were the days, Sóstenes girl, and I knew you when, didn't I?

Well, sir, it just so happens that when Jacinto Carmona together with his horses and men fell into the trap laid out by the guerrilla Chávez, Carmona's wife was living in the Carmona family homestead in Doctor Cos, Nuevo León. That telegram giving her the terrible news was sent out two months later, and then, she didn't get the

---

*Lucas Barrón is also known as Dirty Luke.

15

wire itself until three weeks after it got to town. In short, Sóstenes, times being what they were, had been a widow the whole of the summer of '14, without her knowing it. News, good or bad, just didn't travel fast in those days, it was another time, boys . . .

Well, as I was saying, she and her sister got to Klail in '15 or so, and they were first helped out by Don Manuel Guzmán's wife; didn't know 'em, of course, just saw 'em and took 'em in. The sisters needed help, and that was enough for Josefa Guzmán. And they stayed there, too, least ways until Herminia married Don Julián Buenrostro . . . Did you know that, Rafe?

"Yes."

Now, where was I? Oh, yeah. Anyway, in those days when women started wearing shorter skirts and dresses, the Jasso women kept the long ones, but shave my hair and call me Baldy: long skirts or no, we're talking of first-class goods here, top-a-the line merchandise. Yessir!

Now, when some of the gang here learned that the oldest one was a widow, some of 'em started getting all sort-a ideas. But they couldn't have been more out of true if they tried. Nothin.

Not even the faintest angel's breath of hope, no sir. Then, a year or so later, Herminia marries up with Don Julián at the Carmen Ranch and Sóstenes moves right in. Now, had she—just by chance let's say—had she stayed here in Klail, maybe nothing would've happened, no way to tell now, of course, and maybe . . . well, lemme just back up a bit here . . .

"Echevarría! Stay on course!"

Right where I'm at, Turnio; just checkin' the riggin' and the sails, is all . . . Well, sir, Sóstenes went off to the Carmen Ranch, and it was there that Melesio Parra, the eldest of Melesio Senior's bunch—the ones that still run that dairy farm there—and Antonio Cruz, a short little old runt raised by the Archuletas, remember those New Mexicans who moved in here? Well, it was at the Carmen Ranch where those two youngsters shot and killed each other right to death and all for Sóstenes. Damfools.

That's right, just-like-that . . . shot themselves full-a holes, they did. And for what, I ask you? Ah, for Sóstenes' love . . . Ha! For

Sóstenes' love . . . And will you look at 'er now . . . old, gray-haired, wrinkly, bent over by all those years, and to think—like the tango says—and to think that life's a puff of breath and little else . . . ha!

But that was it . . . they just shot and killed each other, and the widow didn't know a thing about it. It's enough to make you laugh or cry, one . . . She didn't even *know* them, hadn't laid *eyes* on 'em. Ever. They were the ones who got it into their heads that they were rivals. I mean, she had absolutely no idea . . .

Ahhhh, but you know how it always is: the crowd said that fault and blame had to be placed on a woman. Yeah. Convenient, even if I say so. But hang on to this: they died, they stayed dead and they're not coming back. Uh-uh . . .

Shoot! Sóstenes wasn't a dishrag to be picked up and rubbed and squeezed and laid out by just anyone who happened to come along. No sir. She wasn't even at the dance when those two went at it. And you know *what?* The dance was being held right at the Carmen Ranch itself, but she didn't go to 'em. Anywhere. Period.

Young Parra and the Cruz boy killed themselves, and that was it. That other people came by later on and said *she* was to blame, well, that was someone's tongue working back and forth, and that was it, because as far as she was concerned: nothing. Right, Maistro?

"God's truth and no one else's, Echevarría. It was one of those dances organized by María Lara . . . "

"María Lara? That old sack full-a bones?"

"You youngsters don't know what you're talking about."

"Echevarría's had too much to drink!"

"Yeah? Well, he pays his own way."

"Keep it down . . . go on, Echevarría."

Nothing to it, boys . . . I saw Sóstenes go by, and I thought about the old days, when she was young. That's all.

"See what you guys've done now?"

"Don't mind 'em, Echevarría. Can I buy you a beer?"

"Go on, Echevarría; don't pay 'em no mind."

Well, lemme ask Rafe here. You think I'm drunk?

"No."

And would you sell me a beer right now?

"Anytime."

Let's hear it for the Buenrostros, goddammit. Rafe, make this one a Falstaff.

"Oh, I remember it, all right . . . Young Parra's gun was one-a them Ivory-Johnson's, the kind you break open in the middle. But it wasn't his. The damn thing belonged to his brother-in-law, Tomás Arreola."

"And the other guy?"

"No, that gun was his, all right. A .38. And, it was just like Esteban Echevarría said it was: face to face, pistol in hand."

"And like real men, and all that old stuff, right?"

"Yeah, it was a damfool thing to do."

"And Echevarría was there? He saw it all?"

"Oh, yeah; we both did. We must've gone there together that night . . . As for Sóstenes, well, she received—and she still may, you know—a smallish pension from the Mexican government on account of her husband's being a regular army officer."

"I can't imagine the pension's all that much; do you?"

"No, probably not."

"But regular as the sunset, I bet."

"So then what happened between the two families, the Parras and the Cruz bunch?"

"Oh, it worked out all right. It started and ended there, with those two."

"That was a stroke of luck."

"But to kill each other for someone like that . . . "

"Well, she wasn't like *that,* then . . . "

"Yeah, I know, but still 'n all, it was a damfool thing to do."

Ho! Rafe, I gotta be going.

"See you tomorrow, Echevarría."

God hear you.

THE BUENROSTRO-LEGUIZAMÓN AFFAIR

Graffiti at Dirty Luke's:

Dirty Linen Had Damn Well Better Be Washed at Home

Nosey Neighbors Need a Nose Job

The Hard of Hearing Should Learn to Lip-Read

When it Comes to the Law: Mum's the Word

The Losers of the World Need a Shorter Bridge to Walk On

Meddling Is Asking for Trouble on Credit

Echevarría is standing at the end of the Aquí Me Quedo Bar*;* he jumps to the bar, sits down and says he has decided to tell (once and for all) what he knows about the death, years ago, of Don Jesús Buenrostro.

Echevarría says he meets the necessary requirements: a clear memory, the Río and the desire. As he says: "Nothing to it, once you know."

Yesterday, boys . . . as if it were yesterday, I tell you. I remember it well, and I remember Don Jesús, *el quieto,* a straighter arrow I never saw; a good man. I know young Rafe's here with us, but I'd say the same whether he was here or not. Ha! I've known this boy since the day he was born and baptized, I knew his Dad, his uncle, too, and all that fine hard-working bunch from the Carmen Ranch, yessir.

Now I know, yes, I do, I know and own up that whenever I get drunk, you-all start shucking and husking at me . . . But you also know I put up with it, and I'll tell you why: I put up because I also know that the best thing to do is to shut the hell up . . . but only if

I can't put up. You got that? But will you look at me now? And look at the time on that wall there; not one drink, not before and not now . . .

(Young Murillo, Don Víctor Solís' son-in-law, has paid for a round of drinks and breaks in on Echevarría, but does so with respect: "You've got the floor, Echevarría. All right, everybody, give 'im room.")

As I was saying just now: I remember as if it were yesterday, and I can still see Don Jesús *el quieto* working and defending those lands of his at El Rancho Carmen. The Rangers had finally stopped bothering us borderers for a while, and all the ranches were at peace with the world. The uneasiness was still there, and so was the rancor, but things had abated somewhat, and now it looked as if the mexicano people could concentrate on living and on working for that living.

Now, your fathers and your grandfathers can still remember some of these doings and comings and goings, and they knew, sure they did, they knew that the Troubles weren't over yet, or that they could never be over until the Buenrostros and the Leguizamóns made their peace—or until both families disappeared from God's favorite planet.

And time went on and by, that summer, a second summer, and still no peace. The U.S. Army showed up, too, but weddings were held, and both the land and the women were harvested, and the mexicanos from Belken County watched and waited and counted every step they took: ever watchful, and waiting for the other shoe. But the rancor prevailed, and it was the Leguizamóns who again took the first step: they armed themselves with the sheriff and an attorney or two, and they showed up at the Buenrostro land, all formal-like.

For their part, the Buenrostros were ready: 'Here're the papers, look them over, and thank you kindly. There'll be somebody to show you out on the East Gate when you're through here.'

Frustrated, the Leguizamóns started buying up some more land and so much so that the Carmen Ranch was almost cut off from some good Río Grande River water. The Buenrostros worked but that's not all they did: they began posting guards and arming them just in case a cow wandered off somewhere, don't you know . . .

It'd been a hot spring, and a dry one, to boot; despite that though, the orange blossoms were trying their best to bloom out-a the buds, and it was on an April evening that someone sneaked up and murdered Don Jesús . . . while the man slept, but this you already know, Rafe. But the *matones*, the killers, they were scared off by Don Julián who happened to be riding the fences that night; the *matones* were trying to burn the tarps and Don Jesús along with them, too, when Don Julián came riding up the camp fire; the backshooters must've heard the horse 'cause they just backed out into the dark here . . .

Don Julián, without a word, took his brother's body and began to dig a grave at the foot of that big ol' Texas pecan tree; and the tree's still there, as a witness . . . the family gath . . .

Echevarría stops and turns aside. The crowd is waiting for the old man to go on. Suddenly, young Murillo shouts out: "Don Esteban, Don Esteban, go on, Don . . ."

A shake of the head.

Tableau: Echevarría, back to crowd has a hand on the double-swing doors; the crowd, expectantly, rises and stares at the old man; Rafe Buenrostro stares at the floor . . .

THE DOGS ARE HOWLING

"Sh . . . sh . . . sh . . . Quiet, Nieves. Listen now. Can you hear them? Don't you hear the dogs out there? Sh, sh, they're a long way off, across the lake there. Do you, can you hear 'em?"

"Well, I . . . you think . . . "

"Sh, sh, there they go again. Can you hear them now, by the Buenrostro side?"

"Yes, now I do. What is it, Esteban? What does it mean?"

"Sh. Listen . . . I even thought I heard a shot, maybe two . . . I was half-awake, I think; tossing, turning and then I heard something or I thought I did. Yeah . . . and then the dogs, far away . . . "

"There they are again, Esteban."

"You *can* hear them, can't you?"

"Now I can. Esteban, what are you doing? Don't go out there, what are . . . "

"I'll be all right, and I'll be right back, Nieves."

"But, Esteban, you don't . . . here, take a lantern or something, don't rush off like that."

"Don't worry, Nieves . . . it's probably nothing."

"Nothing? Then why're you going out then?"

"They've stopped."

"Esteban, please."

"Nieves, we both know that the Buenrostros and the Leguiza-móns have . . . "

"But what's that to us? That's their affair, Esteban. . . . Not yours, ours, *theirs.*"

"We have land, Nieves, and we have it and a house on it, and we do so because the Buenrostros *gave* us this land. . . . Have you forgotten that already?"

"These lands are ours, Esteban. Legally ours."

"Legally . . . hmph. And who held them against the Leguiza-móns and their wolf-packs?"

"Well . . . the Vilches families . . . and, and, and the Tueros, and . . . "

"Those families are dead, Nieves . . . long dead."

"All right, the Buenrostros helped . . . "

"Helped? They *held* the land; Don Jesús and Don Julián stood up to be counted when it mattered, when it was a matter of life or death. Yes. Look, just hand me that lantern you spoke of. There they go again; hear 'em?"

"Blessed be the name of . . . "

"Amen and hand me that Thirty-Thirty while you're at it."

Two months later, Don Julián Buenrostro learned the *matones'* identity; and he learned it from Esteban Echevarría who came calling early one morning at the Carmen Ranch. An all-day conversation and then on the next day, the 12th of July and Don Julián's birthday, he crossed the Río Grande into Mexican soil, just above the Klail City pumping station.

A month after that, and again through the offices of Esteban Echevarría, Don Julián learned that Alejandro Leguizamón had hired the two Mexican nationals to kill Don Jesús.

As had been told elsewhere and at another time and place, Alejandro Leguizamón was found with both his head and his brains fairly well bashed in; early church-goers found his body near the fenced-in patio leading to the north entrance of the Sacred Heart Church.

"They's gonna be hell to pay around here, Don Alejandro; them Buenrostros just ain't going to take to this with their hands in their pockets . . . "

"Señor Markham, you worry too much."

"Could be, but I know Julián Buenrostro and he'll come after you."

"Oh, I know he'll come, but he won't come running, will he?"

"No, maybe not, but he'll come, just the same. He's the kind."

Alejandro Leguizamón shook his head lightly and smiled at Choche Markham: "Don't worry about it."

"Well, Mr. Leguizamón, tell you what: I'm going on into town for a while and see what's up."

"No need to worry . . . ."

One can never be too careful or too cautious either, it seems. Alejandro Leguizamón didn't outlive Don Jesús Buenrostro by much, and it happened this way:

Alejandro Leguizamón had made an arrangement with a woman; they were to meet after the Sacred Heart bazaar on a Sunday evening. But, and this is nothing new, instead of the woman, Alejandro Leguizamón found Julián Buenrostro waiting for him, tire iron in hand.

The Older Generation I

Don Marcial de Anda, a religious, pious soul, used to sell homemade candy under the palm grove at the corner of Klail and Cooke Boulevard. He's a small-boned, timid little man; and generous. *Un hombre de bien,* then. He's watching the occasional traffic on Klail Avenue as he sits on a city park bench donated by the Sons and Daughters of Some Revolution or Other. It's a bit warmish, but he is seventy-odd years old and anything under 85°F is cold as far as he's concerned. A Valley Mexican, he is Belken-born and bred. He begins to roll a cigarette; looking up, he smiles as I approach. His eyes smile, too, and then a slight shake of the head.

"Peace," he says.

"And how are you today, Don Marcial?"

"Fine, fine; just taking in the sun, Rafe."

"Can I join in?"

"Ho! Here, I'll just move over. . . .Tell me, Rafe, how are the Buenrostros getting along?"

"Fine, thanks, and you're looking well yourself."

"You in school, are you?"

"Yessir; up at Austin."

"Ah, yes . . . the university. Good! Ha, did I ever tell you 'bout your dad 'n me? Well, the first time I met him, I was about your age, and I worked for him a while later on. Well, worked *with* him is more like it; he was like that. A good man, your dad."

"At El Carmen Ranch?"

"That's right; right by the river. I was a mule breaker. Ah . . . I was slightly older than he was . . . that puts me what? Four? Five years older'n your uncle Julián? That sounds right; I'll be seventy-five next winter. What do you think a-that? Seventy-five."

"Seventy-five . . . has it been a good life, Don Marcial?"

"Oh, the best. Good land. Good people. Plenty of water. Ah, you want to know why I want to be seventy-five years old?

Nod.

"It's the *idea* of it; three-quarters of a century. Something to shoot for. It's not the *number* of years; I mean, Jesus was crucified and died and rose at age thirty-three, but that don't make me two and a half times as good as the Lord; no sir. It's the *idea,* see? Three-quarters of a century. That's a long time in man-years."

"Hope you get another seventy-five, and I hope I get to see them." Repeating the age-old compliment.

"Ho, ho! No chance a-that, boy. You, ah, you barkeeping this summer?"

Nod.

"At Dirty's, right?"

"Summers, vacations . . . whenever."

"Never thought I'd see the day . . . *El quieto's* boy tending bar . . . oh, don't take offense, son. Everyone's got to live his *own* life; no interference, no sir. I believe in Good God Almighty, but that don't mean I believe in the priests. Hmph. I played marbles with Pedro Zamudio as a child, and here he is, a mission priest. What does he know, I ask you? No, no criticism intended or meant on your part, son."

"And none taken, Don Marcial. You've known me all my life."

"Good God's truth, and my wife delivered you herself, didn't she? Ha! Remember when you had that arm sprain a-yours? You was playing ball or something . . . "

"Fell off a tree." Smile.

"That's *right.* That chinaberry, out at the ranch . . . Well, I cured that, remember?"

"I sure do . . . I must've been fourteen then . . . "

"And your dad'd just been buried, too."

"That's right . . . "

"You, ah, you remember that foreman your Dad had then? That foreman had a boy younger 'n you . . . the kid couldn't walk; paralyzed. Kept him in a box, remember? Oh, I rubbed that boy, too, but . . . he died when you and your cousin were out in Korea."

He lights another hand-rolled cigarette. "On your way to work, are you?"

Nod.

I sit listening to this fine old man. Good land, good people.

Plenty of water. . . . And here I am, going to college. Shit; what do I know?

A little background. Don Marcial de Anda is Jovita's father, and Jovita is the girl who had to marry Joaquín, the oldest of the Tamez brothers. Don Marcial is a grandfather; at first, he used to look after the kids; a babysitter. Now, the kids themselves are growing up, and *they* take care of him. They're at the park, too, running, yelling, playing and every once in a while one of them comes over and asks him how he's doing, and then returns to play some more. Come supper, the kids'll walk him home, and Don Marcial will sit on the east porch watching the kids, the grownups, and most of Texas Mexican Klail City stroll by.

But how is one to know what'll come next? It must be going on fifteen years now that old Don Servando Tamez single-handedly arranged Joaquín's and Jovita's marriage, and again, at Don Servando's insistence, that no de Andas were to be present. And now, rains have come and gone, crops raised and people buried (and Don Servando along with them) and even gimpy Emilio Tamez married off: a Monroy girl who turned out to be more than a match for him, too. As for Bertita Tamez, well, she did elope and marry a hardworking kid, Ramiro Leal, who put his economic mark in Muleshoe (West Texas). The oldest boy, Joaquín, married Jovita, of course, and then Ernesto, the youngest, was killed at the Aquí Me Quedo Bar; stabbed to death by Balde Cordero, a most unlikely killer, by the way. Still, it must be said that Ernesto himself provoked his own death; it happens.

Yes, and how *is* one to tell what'll happen next? Take the Tamez family: rowdy and tough, the de Andas, mild and meek; Emilio married to a Monroy, Bertita to a Leal, Don Servando and Ernesto eating dirt at the mexicano cemetery in Bascom, and there's Don Marcial on the porch rocking chair in his own daughter's house; 'cause that's whose house it is now. A peaceful occupying army, the de Andas. A house, known to all, where he wasn't welcomed, but that's all changed, mutatis mutandus. He has his own room, his chocolate with cinnamon and his house slippers under that old, handmade, four-poster pecan wood bed which belonged to his wife, the late Lorenza Estudillo de Anda.

So, who knows what'll happen next? Specters and visions, voices and sounds, all stuck and nailed and caught in the walls of the Tamez house:

"Jovita! That door there leads to my wife's room; Joaquín was born there and so were Emilio and Bertie-Babe. My wife died there, too. You go in there and sit on the bed, and don't open the door until I say so."

"Couldn't wait, could you? Just had to pull 'em down, didn't you? And now what? This! Good God Almighty, Joaquín . . . "

"Ernesto, don't you be stopping anywhere along the way. You got that? I want you back here before three o'clock . . . move it!"

"Listen, Joaquín, this house and everything in it is all we got, but it's ours. And when I die, you'll be in charge. In charge, Joaquín."

And that was it. In time, Joaquín took charge of the running of the family on Don Servando's death; fate was kind, though, and

Don Servando did get to hug and kiss two of his five grandchildren. (Jovita won out, of course; the first child, Tulita, was named for her deceased mother-in-law.) The other four were named for Don Marcial de Anda and for his three sons. The Tamezes? Shut out, with no hits, no runs, etc.

"You doing all right, Dad?"
"Oh, yes. Thank you." Smile.
"Sleep well, did you?"
"Like a top; and you, Jovita?"
"Like a baby (giggle) . . . Would you like your chocolate now?"

The three bachelor de Anda brothers belong to the Nativity of our Blessed Lady Church parish. Serious, industrious, they branched out their father's homemade candy business; they're in their forties and each one—every day—after Mass, calls on Don Marcial at the park; the talk is about this and that; nothing new, and the routine's the same, too. And so, later on of an evening, the bachelors *(los cotorrones,* what we call bachelors here) march off to that small house of theirs on the lots my father gave them years ago.

Ten o'clock, and I'm on my way home from work at the Aquí Me Quedo Bar; the kerosene lamplight is on in Don Marcial's room. The house is wired, of course, but he prefers a lamp. Why not? One thing's for sure: he's reading a Bible my cousin Jehu gave him a few years back. . . . The porch is in darkness, but I can make out the two shapes in the rocking chairs:
"A good evening, Rafe Buenrostro."
"And a good one to the both of you."
"Things well at home? Family all right?"
"Yes, thanks, Jovita. I'll tell my brothers you asked."
"Night."
"Night."

Tomorrow, and if God cooperates, Don Marcial, one day behind and another one coming up, will take himself to the park again and wait for the winter which will mark his seventy-fifth year in Klail City, Belken County.

"Don Marcial; are we doing all right?"

"Enjoying God's own sun, Rafe. . . . And you?"

The Older Generation II

Don Aureliano Mora is one tough old man, and I'm leaving damn little room for argument here. Time's gotten to him some, but he's neither down for the count nor out of circulation. His eyesight's down a peg, but that's about it for this tough, wiry old man.

He's eighty-two years old, and, as he says: " . . . I can still dress myself, thank you." According to him, only three types need help getting dressed: newborns, madmen and all the Popes of Rome. I nod as I listen to this fine old man and remember he's buried five of his seven sons and daughters; he has one living dau., Obdulia, married to one of the Santoscoy boys, and Eufrasio, who's got a touch of T.B. He's had it for thirty years.

Don Aureliano is—was—the father to Ambrosio Mora, a World War II vet shot and killed by Belken County Deputy Sheriff Van Meers right in front of Klail's J.C. Penney Store on a Palm Sunday, as the song says.

Young Mora had been an infantryman in the Second Division (Indianhead) during the French invasion; and, he stood a mere thirty feet away from Chano Ortega, another Klail City youngster, who died during the drive for the Cerisy Forest on D-Day plus two. Young Mora and Ortega were among the numerous Texas mexicanos who'd volunteered for army service a year before this country declared war on the so-called Axis Powers.

On a Palm Sunday (in Flora Town)

Ambrosio Mora's murder brought about a change; gradually, but a change. Something. The old men didn't know how to go about making a change, but they *knew* something had to give. They looked to the veterans: yes! This shit's got-to-stop, some of them said.

Sure. But what? A lot of talk and a lot of noise, but first, what with one thing and then another followed by those-oh-so-familiar trial delays, interest began to peter out. The result? Well, the trial came up three years later, and Deputy Sheriff Van Meers walked right out of that courthouse over there. Free as a bird shitting on the house roofs. (Ranger George Markham and not as a by the way (by the way), spoke in Van Meers's defense. Oh, yes.)

This was 1949, a year before Korea, and the mexicano people *again* raised some hell, but no, nothing came of it until Don Aureliano Mora himself took matters (in the shape of a crowbar) into his own hands.

He got himself a crowbar and marched to the old Klail City Park, stood in front of a metal plaque (a County Historical Marker, they called it), and standing there, reading the names of those who fought and some of whom had died in World War II (Young Ambrosio Mora's name was there as was that of Amador Mora who died alongside Ernie Pyle in Okinawa), Don Aureliano rested his eyes on the two Mora names and WHANG! he broke that plaque in half; he then proceeded to smash and shatter the damn thing into very small pieces. After this, he ground the pieces into the Bermuda grass; not saying a word. He looked around the park that hot afternoon: no witnesses. It doesn't matter, he humphed.

That plaque had been a loving gift from the Ladies' Auxiliary of the American Legion, and the old man had been taken to its dedication by his daughter Obdulia a few years before.

Once finished, Don Aureliano, bar in hand, went to see Don Manuel Guzmán.

A coward, gun in hand (gunned Young Mora down)

"Don Manuel, I just got back from the park; remember the War Plaque? . . . Well, I just got back done breaking the living hell and memory a-the damn thing."

No heat in the voice.

And then: "Here's the crowbar."

Don Manuel Guzmán took the Bull Durham cigarette from his mouth, looked at it and then at his old friend:

"Keep it; you might need it for work, later on."

"I, ah, I not only broke it, I smashed it, ground it down, see? But what *could* I do? They killed my boy, Don Manuel. . . . I waited three years, Don Manuel . . . and then to see that smiling, banjo-faced, big-footed, ham-eating, rednecked sanna-va-bitchy go free? Well! Here I am, I'll take my medicine."

"Josefa! Bring Don Aureliano a glass of limeade. Be right back, gonna put my shoes on."

Don Manuel took Don Aureliano home; there'll be no jail for this old man, he said.

"We're Greeks, Don Manuel. Greeks . . . Greeks whose homes have been taken over by the Romans."

Don Manuel took a right turn, shifted his old Chevy up to second, and looked at Don Aureliano: "You, ah, you want to run that one by again?"

"We're like the Greeks, Don Manuel. Slaves in service of the Romans . . . we've got to educate them, these Romans, these Anglos . . . amounts to the same thing."

Nod from Don Manuel. "Well, I'll tell you what, Don Aureliano: Only God can make things perfect, and in this case, He made some perfect sansa-bitches. Am I right, or what? . . . But, it all comes out in the wash . . . "

"And we'll all be dried on the line," finished Don Aureliano Mora.

"As for that *sign,* that plaque, or whatever, I'll handle that end of it . . . "

"But what if . . . "

"No. No *what ifs.* We'll hire a lawyer, if it comes to that. Yessir . . . and I'd like to see them make a case about the destruction of public property. Hmph! They'll be talking about a piece of metal, and we'll talk about a man, a veteran; a kid of twenty-three, for Christ's sakes."

Nod from Don Aureliano. "Greeks, yeah, but the day'll come when we'll see this ground as ours again. As sure as there's a God somewhere around here."

The park incident took place twenty-two years ago, and Don Aureliano's Greeks didn't educate the Romans, but they did educate themselves in the ways of the Romans; some even turned out the same way. But they were Greeks for all that, and the proof is in the taste, not in the pudding, as we say.

So Young Mora was shot in the back. What a cowardly act!

Don Aureliano Mora has moved to a shady part of the park; he's sitting in one of the six benches that are left now. Thinking, perhaps, of Amador who died in Okinawa, on Serafín who left and never returned to Belken County; Serafín gave thirty years of his life to Inland Steel, in return, the company gave him a pension, and then, at his death, the Social Security Administration threw in a coffin; on the twins, Antonio and Julio who lived and worked and died; and surely, on Ambrosio, the Flower of the Flock, on whose behalf a *corrido,* a ballad, was written and sung, and for whom Don Aureliano decided to rid Belken County of still another piece of cold hypocrisy that served as a slap in the face of that old man.

Once in a while, the old man gets up and walks to the east corner of the park. A smile. No; no more plaques; a clothing store now. (One mustn't stand in the way of progress). The park, named for General Rufus T. Klail, has been subdivided and sold into lots, a mini mall, they call it, and this is where the Romans sell their wares and souls on a daily basis. What's left of the park is a strip of six benches, and that's where the old man spends most of his days.

He'll die, of course; it's only a matter of time, after all. Don Aureliano smiles: he's made a pact with God, no less. He's not to take Don Aureliano until Van Meers dies. Don Aureliano's got over twenty-five years on the Deputy, but Don Aureliano says he's got something else on his side: patience. Oh, yes, and, confidence enough to know he'll be a witness to Van Meers' funeral.

"Don Aureliano, you doing all right?"

"Doing just fine, son. Whose boy are you?"

"My name's Rafe Buenrostro."

"Of course! Don Jesús' boy . . . *el quieto;* you're Quieto Junior. A good man, your father. A fine man. You're a University man, I hear . . . That's good." Nod. "Good."

As a shield against the fierce Belken County sun, Don Aureliano wears one of those *sombreros de petate,* the broad-brimmed, stiff straw hat. He looks at me: "It's coffee time, Young Buenrostro."

He gets up without any help from me, and we walk across the street to Maggie Guevara's Cupboard. It doesn't seem as if Don Aureliano steps on the grass when he walks; a light step and one would think that a stiff Gulf breeze would blow the man down. But, as Gómez Manrique said in those *coplas* of his: "No, no se equivoque nadie, no . . . " The man's not about to be blown away; not yet.

Appearances *can* be deceiving, and I'm putting my money on this old horse; he'll bury Van Meers, all right, and I'm taking bets.

The Older Generation III

April 11, 1920
Klail City, Tex.

My dear Manuel:

Just a few lines to let you know we're doing well here despite the flu epidemic. Other than a runny nose here and there, the kids and I are bearing up. No need to worry on your account.

"Sergeant Buitrón says to remount; let's go, now."

"Yeah? Well, you can tell that crazy son-of-a-bitch . . . "

The one piece of bad news is that Spanish influenza. It's covered both sides of the Río Grande now. We're still at the ranch, and it looks as if it's staying in the town, not out here. We're fine. Okay?

The Lambs of God blame the epidemic on past sins, on the Revolution, on our own inherent badness, but you know how that goes. The danger of all this is that someone sharper is going to come along and take the people for a bath selling them candles, rosaries, incense—anything to strip them off what money the poor people are holding on to.

"Well? What are you going to do? Quit? Want me to go back to Sergeant Buitrón and tell him that?"

"Remigio, we know you're dumb, you don't have to keep proving it, you know. You've got your corporal's stripes now, so shut up."

"Don't you guys hear that gunfire over there? Get the horses!"

"Get your mother!"

"That's right; why isn't that troop over there going on the charge?"

"*He* told me to tell *you,* not *them.*"

"Up *yours.*"

"Manuel! Come on . . . talk to these guys, will you?"

Dr. Webber is the only doctor in Klail City now. We'll make out all right. We have before, you know. I've already advised the folk to spray gasoline to burn up the stagnant water holes. I pointed out to them that it's the mosquitoes we've got to kill. I've already sent Amadeo to Relámpago to pick up the old folks. He's to bring your mother here, with us. Amadeo's grown and he looks so much like you. He'll be as tall as you, if not taller.

"Ha! Does Buitrón know how many horses we got left in the troop? Well? We're not even at half-strength, Remigio. We're ten out of twenty-five. Shit! Look at Cruz over there; the Red Cross guy says he hasn't got a chance . . . "

"Please, Manuel . . . talk to 'em, will you? They'll
listen to you. Tell 'em to mount up."

Two Midwest Anglos came by last week. Again. It's the same
old story: they want to gobble up more of the land. For developing,
they call it. They say they want it for agriculture and for fruit trees.
I told them they'd have to wait until your return. I doubt you know
either one. The slim one learned to use Spanish somewhat, and he'll
probably use this to overcome some mexicano resistance. His partner's a red-headed, freckled-faced dwarf. All *he* does is smile.

"Way to go, boys! That's the stuff men are made of,
yessir. We showed them a thing or two, right?
"Remigio, why don't you just shut the hell up?"
"Yeah. Where were you when we went after that
train? I sure as hell didn't see you here."
"I was there, you just didn't see me, that's all."
"Bullshit. None of us saw you."
"I was there, I tell you."
"Leave him alone; go on, Remigio, get out of here."
"Manuel! Ah . . . Báez just died."
"Yeah, Manuel, the Red Cross guy even brought a
surgeon 'n everything."
"Yeah, well someone go tell Remigio we're down to
five men."
"Oh, he knows. It's six, counting him. Hmph."
"Manuel, you notice how some of the train guys
threw their rifles out?"
"Yeah . . . they're probably just as tired of this as we
are."

What with the flu epidemic and the people staying away from
the fields, it doesn't look as if we'll have much of a cotton crop this
season. Here we are, two weeks into April and the bolls are barely out. It's hot enough, but without the weeding to cut down the

growth—I don't mean to burden you with this, and I won't. We'll make it, we always have.

Don't worry about us. I mean it. I miss you, and I love you, and God willing you'll soon be reading this. I'll mail it from Matamoros. I'll cross the river tonight and see if this gets to you sooner that way. Speaking of Matamoros, Álvaro Obregón is politicking up in this neck of the woods.

Your loving wife,
Josefa

"All right, now. What's the count?"
"Eight dead, six wounded and ten missing."
"Missing? You mean *deserted,* don't you?"
"I . . . I . . . don't know."
"Well, hell, I can't blame 'em . . . Go call Manuel Guzmán over here."
"Him? What for?"
"Remigio, *that* is none of your god-damned business."
"Ah . . . ah . . . "
"Move!"
"Yesssir."

Sergeant Leonides Buitrón looked at the return address: PO Box 245, Klail City, Texas, U.S.A. He handed the letter to Pvt. Manuel Guzmán on May 10, 1920, at Aljibes, Puebla.

Guzmán, an American citizen as his father and his father's father before him, formed part of a cavalry troop chasing President Venustiano Carranza's trains on their way to Veracruz. This detachment was led by General Sánchez, an Obregón backer.

It was Obregón, by the way, who later recommended Manuel Guzmán for the post of chief jailer at Lecumberri Prison in 1921.

THE SEARCHERS

Another bone-dry summer in Belken County. The cotton's about played out, and there's been no rain to count on since last March. The Gulf breeze pushes its hot wind through the wooden fence; everything's on fire, it seems. There *is* one spot of a cool breeze, and that's under the chinaberry trees; but that's about it. The drought hangs on like a feisty dog on a rat . . .

Some Women

"And the kids?"

"A little better, thanks. Annie, too."

"It never stops, does it?"

"Ah-ha; if it isn't this, it's something else or worse."

"Isn't that the truth? And Dorothea, how is *she?* Have you heard?"

"Oh, yes; ran away, they say."

"Again?"

"Oh, yeah. Again . . . ."

"Who with this time? Not that same boy again, is it?"

"Seems as if she was carrying on with Ernesto Tamez, and . . . "

"Really? Oh, she picked herself a peck of trouble this time . . . "

"You didn't know about that?"

"About the Tamez boy? No, I'd heard it was one of the Murillo kids."

"Oh, that's old news."

"And the youngest Murillo?"

"Up North, I imagine . . . so Dorothea Amejorado went and did it . . . And how's that brother of hers? Balta? Weren't they after him to have his tonsils out?"

"That's what the school nurse told Señor Amejorado."

"Hmph. As my Fabián says. Next to God, you've got to hand it to the Anglos; they keep coming up with a disease every week."

"Isn't that God's truth? Ah, but this heat: I don't think I've seen anything like it before; when was the last time it rained around here?"

"You know, old man Sobrino says this reminds him of a similar drought fifty years ago . . . Kheeww."

"And the Relámpago folks? Hear anything from them out there?"

"Getting older, I guess."

"Aren't we all, *comadre* . . . Come on, let's go back inside for a minute; we've got some nice ice cold limeade."

"Oh, that *would* be nice; we'll have the glass, but then we've *got* to be going; one of the kids has been acting up. Upset stomach, you know."

"Remind me to pass you some balm gentle before you do leave; and then, later this evening, we'll drop by and I'll bring her some lettuce-leaf tea. That'll settle her tummy."

"That *is* nice, *comadre*."

Their husbands

"And again no rain today . . . it's a bad sign when the weeds themselves are so puny."

"What about Molonco Ramírez? How's he doing?"

"Same as us, I guess. You haven't heard from him, then?"

"Not for a month or so; I got that irrigator of his to working again, though."

"Hmmm. He need something fixed, he'll come by again." (Laugh)

"Ah, he's not such a bad guy."

"I know that . . . You, ah, you got your two boys working somewhere?"

"No trouble. Those two hustle *all* the time; took 'em to the races last Sunday."

"Horses? This time a-year?"

"No; a car race . . . it's not really a race. They crash 'em into each other."

"Crash 'em? On purpose?"

"Yeah . . . what do you think about that?"

"Those Texas Anglos take the cake, the candles and the icing."

"Speaking of *them*, there's talk of them fixing the streets again . . . "

"Sure they are; come election time we'll hear that one again."

"God's truth, but some people are willing to believe anything you tell 'em."

"Ye-know, it's a bit early, but a couple of trucks headed Up North last week. I worked on the cab and the rigging on both of them; spot cash."

"You got paid in cash?"

"Oh, yeah."

"I remember you worked on Leocadio Gavira's truck . . . who that second one belong to?'"

"Kara-mel and Jake went halves on it."

"Those two are in-laws, right? . . . Hmmm. I wonder how things are Up North?"

"Fine, according to them; we're all going to have start thinking about another trip, *compadre.*"

"Hmph . . . well, looks like the women are through over there."

"Why don't you all just come on over tonight? Visit a while."

"That sounds pretty good."

"Where's that funny race track you were talking about?"

"Oh, that . . . out to Edgerton, by the west side stock yards."

"Hmmm, I'll see if I can take my kids out there next Friday."

"You'll like it; craziest thing I've ever seen . . . "

Straw hats, khaki shirts and pants; house slippers and colored house dresses. Brown hands and faces. Strong teeth, chins, eyes, noses. One season blends with the next and one type of work doesn't differ from any other. Ever.

THE SEARCHERS II

Indiana bound! The Del Monte Company's hiring from Indiana! All expenses paid, folks! And there's an advance too! Listen to this. there's a partial payment for the way *up* and then a partial for the way *back*. Guaranteed! Whatta-ya-say? And! Yes! We're paying time-and-a-half for any time over fifty-five hours a week. Indiana! Indiana bound!

It's August in Belken County, and the cotton pickings are slim since the third pick's been done with. The citrus crop (and it's looking good) is still some four months away; December the earliest. The citrus season will then last till March provided it doesn't freeze over in Dec. or Jan. or Feb. With any luck at all, there *could* be a remnant citrus crop in April, but this is too much to hope for. So, there's nothing to do but go Up North. Take one's chances on the road up and back, 1500 mi., each way. A bitch.

"Well? Shall we sign up with Mad Mike and go on up to Indiana this year?"

"We got another choice?"

"Sure. We can stay here and eat shit till December."

"Ah, hell, Indiana ain't so bad. Let's sign up with him."

How 'bout you all, what do you plan to do?"

"The way we got it figured, we can make it from Klail to Texarkana in about fourteen hours. Then, we cut across Arkansas and on up to Poplar Bluff, in Missouri, and then to Kankakee. Well'p, once in Kankakee, Illinois, we can head for Monon, Indiana or Reynolds or maybe even Kentland, there's bound to be work in some of those places."

"And you all?"

"Well, we might just go up to Texarkana way, too . . . the trouble is that Arkansas has terrible roads."

"Well, I heard they'd been fixed over."

"Hmph . . . that's something we hear every year and then what happens when we get there? . . . There we go, barreling down those bad roads like cows down a chute . . . But what the hell, Indiana and Illinois both got bad, poor, narrow, no shoulder roads . . . "

"That's true, but listen to this: I heard Arkansas' come through: they got themselves a wide road that cuts clear across the state. As good as Texas roads, I hear."

"Made just for *us,* right? Shoot . . . we got mighty fine roads in Texas, all right, but this here state a-ours is a skinflintish son-of-a-bitch."

"Amen!"

Michigan! I say, Michigan! Who's for Michigan? Folks, listen to me: Big Buddy Cucumber—la pepinera—guarantees the trip for you, your wife *and* family. Yes! Big Buddy! And, we got cement floor cabins, a tile roof, electricity, running water, name it . . . Who'll sign on for Michigan? This way . . . "

"Aniceto, don't forget to board up the windows really good, now."

"Don't worry . . . just keep the kids in the shade, okay?"

"Up North! Up North! Leocadio Gavira pays for *everything*! A promise given is a promise kept! That's the Gavira guarantee. And looky here: we further promise to have you back in Belken County by December . . . or earlier. Yes! A promise! Be back in time for orange-picking time. Whadda-ya-say?"

"Who you leaving your house keys with this year?"

"That's an easy one: Don Manuel Guzmán, who else?"

"And what about the kids' schooling?"

"Well, it's not on yet, a-course, being summer time and all, but we'll enroll them in Indiana, and then, when we get back to Klail in December, we'll enroll 'em again . . . "

"The girls should be finishing up the sun-bonnets by now; remind them of the ear flaps, while you're at it. It gets cold early up there."
"God's truth."

"And you all?"
"Pete Leyva . . . he's our man."
"That's right . . . he's fair, but you still got to watch him."
"Aw, we'll watch him. We'll make out."
"Oh, I don't mean to run old Pete down; he does what he can, and he knows the way. Stops at safe places, too."
"That's true."

"And how about you all?"
"No. We're going with Leocadio Gavira."
"*The Oklahoma Fireball Express* himself, yessir."
"That's the one for us, too."
"You bet!"
"It's 'cause we know him, see?"

"Need a helper! A good one! An English-speaking helper and driver's assistant! Good pay, room *and* board! Any volunteers? You got to have a license, though . . . and . . . and, the pay's good, too."

"The Cardonas would like to borrow the hammer, Dad."
"Sure thing; ask 'em if they need some nails."
"Kids! Kids! Out of the way, now; and out of the sun, too. Come on, out to the shade, now."

"Look, you have got to take care of yourself. The understand-
ing, the contract; okay? That's done *here,* in the Valley, not up
there, in the North."

"That's what I say."

"Same here . . . "

"Damn right. And you *got* to watch them, otherwise they'll
keep you up there till January or February, even. That's right."

"Remember what happened *last* year?"

"Ha! Look, December, and that's the latest. Come December,
and that's *it,* back to Klail."

"Hear, hear."

"And your family?"

"Don't know yet . . . We may sign up with the Del Monte
Company, but I don't know if we're going on to Indiana or Michigan . . . we're still talking."

"How about Ohio, then?"

"Maybe, and maybe not."

And you?

THE SEARCHERS III

"Pleased to meet you, Mr. Galindo. I'd *heard* of you, of course, but I'd never had the pleasure. How you doing?"

"Fine, thank you. And you?" Smile.

"Well, Don Manuel Guzmán, he filled me in on you, your plan?"

"Yes."

"So, if there's anything—*anything* I can do, just say the word."

"That's very kind of you, but it's pretty straight forward. I'd like to make the trip Up North with you. In your truck."

"Oh, is that it? Sure thing. Nothing to it."

"Not too much to ask, is it?"

"No sir; you're as welcome as rain. Anytime."

"Tomorrow morning then?"

"Four thirty, right before sun break, Mr. Galindo. We'll be all set to go by then; we pull out of Almanza's filling station, and we won't look back. How's that?"

"I appreciate it, Mr. Gavira."

"No bother; any friend of Don Manuel's is a friend of mine. Yes sir."

P. Galindo, a Klail City native, was twenty-eight at the time of this conversation; he's thirty-six now, and Time, the great leveler, has taken care of some of the people in the upcoming narrative. Some have gone off, others are still hanging in there and still others have blended into the woodwork. So to speak.

The writer—this writer—when he was a child, believed as a child. Believed, then, with little proof but with all his heart. There's a bit of the child in him still, but he prefers the truth, above all.

What follows, then, in some readable, reasonable order, started off as notes for something called *One Mexican's Michigan*. The title was changed and finally dropped altogether. A new start pro-

duced the inevitable changes again, but *Klail City* presented itself
as a title; it was both brief and to the point.

The trips with Señor Gavira were made in good faith, and the
writer managed to pull his load. He changed any number of flat
tires, and he spelled the two drivers on occasion; most importantly, he got out of everyone's way when it was necessary he do so.

To add to this, the writer wanted to remember certain people
and make sure that these people were remembered in writing. The
writer is convinced that he did well not to have written about the
trips on the spot; he believes in Time, that leveler he spoke of.

The writer worked in some very odd jobs and for some very
odd people for the first thirty years of his life. Some of those people may be dead by now, but as we say, dying comes the once, but
it comes for all. In the course of that time, schooling of all forms
and shapes interfered as well, as did some personal events. Time
has convinced him that none of those events are of particular or
peculiar interest to anyone. This now includes the writer himself.

The trips with Leocadio Gavira are akin to the reconstruction
of an old house that needs saving, holding on to; one begins with
a bit of work here and there, a bit of retouching, and all done care-
fully, lovingly almost. What follows is merely the first day's drive
northward, and the writer considers this trip as something of an
important pilgrimage to him and to the working people on the
migrant trails.

Those odd jobs and those odder people referred to earlier
caused the writer to change his style of life for a while, but this
proved to be temporary. But, it was also beneficial: the writer
needed that experience too, after all. The writer now feels he's
back on track, having recovered, ransomed perhaps, the knowledge of who he was and where he came from. Time and Life, both,
had erased some of that self-knowledge, but the writer—if he is
nothing else—thinks himself quite lucky and fortunate, too, to
have recovered a part of his life that he'd almost forgotten, that he
had, insensibly, unthinkingly, turned his back on, temporarily.

"Actually, it-a, it was already a used-truck when I bought it off Paulino Saucedo; you know him?"

"Oh, sure; a nice guy."

"You all must be around the same age; am I right?"

"Just about . . . I'd say he's three, maybe four years older than I am; no more 'n that, though."

"Hmmmm. See that little wire-thing there, on the glove box?"

"Right there?"

"Right. Pull it toward you just a bit and see if that'll open it. There! Now, there should be some pictures there . . . you find 'em?"

"Right here; here's one of you, and, here's one of Paulino himself. Who's that with you all? A skinny guy, curly hair . . . "

"Well now, that must be Víctor Jara, the Caramel Kid. . . . You, ah, you couldn't make him out, eh? Is there anything written on the back, like a date or something?"

"Yeah; it's in pencil. P. Saucedo, Leocadio G. and let's see: KARA-MEL, with a K and a dash."

"Yeah, that's 'cause he's a character."

"Funny guy . . . "

"Funny and a half. You sure you don't know him? He's from Edgerton originally, but he married a Klail girl."

"Oh, I might have seen him, but I don't know him to talk to."

"Oh, well, you know him by sight then, and that's enough."

"Hard to tell what people are like from the outside, I mean."

"That's true, too, Señor Galindo. Right as rain, yessir. Can't tell by the looks of a watermelon either, can you? That reminds me of something that happened to Kara-Mel over in Princeville, Illinois. You been there?"

"No. Whereabouts is it?"

"Those Marathon Oil maps place it just south of Peoria, but I'd say it's probably closer to Hell'n anything else."

Laugh from P. Galindo. "Is there a story?"

"Yeah, like what you were saying just now: can't tell by appearances and all that. The people in that there place looked nice, but damned if they were. . . . Hooo."

"Pretty bad?"

"Oh, yeah; I'll tell you about that town some day; I'll tell you what happened to a truckload of us there one picking season.'"

"Anytime's fine with me; I'm here for company.'"

"And I appreciate it, yessir. I usually hire someone to help me out here, drive a bit, a kid who speaks English, don't you know. You ever drive a truck, Señor Galindo?"

"No. Much different from a car, is it?"

"We—ell, a truck's heavier, for one, but you know that. What I meant was that there's the people back there to think about: women, kids, and you got to be careful. Considerate, too. Keep an eagle eye out for curves, bad shoulders, rain slicked highways and like that."

"And a kid, a teenager, say fifteen or so, he can handle a truck like this one?"

"Not all of 'em, that's the truth, but once in a while, you get hold of one of those good ones, like they was born to the road, know what I mean?"

"A natural."

"That's *right,* a natural."

"Yeah, but now, you've got me."

"And don't forget Balta Amejorado up in the back . . . but you look like you could sit right behind the wheel there . . . you look the type."

Laugh. "'Cause I'm skin and bone?"

"Ha! That's a good one, but you're right; skinny folks are pretty tough, as a rule. Really; I'm not just saying that; yeah, I can spot talent; got to."

"Well, Mr. Gavira, just say the word, but I do have to tell you that I don't have a commercial license."

"Oh, that's okay, but I appreciate the offer, and I'll take you up on it. It's a long haul up to Michigan.

"Now, the first big town we hit in Texas is Houston; I'll probably let you take over for an hour or so. And then, when we get to Arkansas, but that's hours away, I can let you take over again; the cops ain't as picky there, see? When we cut into Missouri, you can drive some more there. We don't stay long in Missouri though, and we'll be in Illinois before you know it. But, we'll stop in Missouri on the second night; we'll check the tires and the lights . . . it's a regular place for us. They know us there . . . " Nod to P. Galindo.

"So we won't be too long there, in Missouri?"

"A couple of hours and then we bed down."

"Do we cross at Cairo, Illinois?"

"That's right. You been there, have you?"

"Yes. But on the Kentucky side."

"Aha . . . I don't know that region; how is it there?"

"Something like East Texas; a lot of trees, water . . . I spent a couple of cotton seasons in Memphis, sometime back."

"Oh, Señor Galindo, I've been to Memphis, Tennessee, and East Memphis, Arkansas . . . but, what was the Kentucky trip?"

"Oh, that was something else."

"I see . . . I, ah, I didn't meant to pry."

A shake of the head. "Nothing to it; a government job and some trouble with the labor contractors."

"Yeah. You got to watch 'em like hawks. Hmph. Don Manuel said you was in the service at one time."

"Yeah. That too was something else."

"Yeah? Did you know Amadeo Guzmán? Don Manuel's boy that was killed out in the Pacific?"

"No. I knew who he was, sure. He was some five years older, I think."

"Hmmmmm. Ah, you want to look in the pictures there again? There's some in color."

"Here's Kara-Mel again. A woman; she Anglo?"

"Yep; she's the wife to the man who runs the country store in Sikeston, Missouri; right nice woman, too. Bob's place; that's where we stop for overnight; and we load up on saltines, cold cuts, Velveeta, Coca-Colas . . . about a mile a-fore you get there, there's a RC Cola sign and it says: Willcome to Our Mexican Friends." Gavira smiles.

"Willcome?"

"Aha, misspelled, right? That's what I told 'em. Anyway, we stop there; been stopping there for years; I'd say fifteen to twenty; this here truck is the sixth Oklahoma Fireball Express I got . . .

"Now, Jehu Malacara took those photographs. He was my chief helper that season; a good kid. Sharp, too. Been in the Army, like you. He's gone up to the university, up to Austin. You know him?"

"Sure; he's a Relámpago boy."

Laugh from Gavira. "He sure is; I like him."

"He's Rafe Buenrostro's age, just about."

"Buenrostro. Is that Julián's boy, Mr. Galindo?"

"No, you're thinking of Melchor. Rafe is—was—Don Jesús' middle son . . . "

"Sure! What was I thinking about? He's *el quieto's* boy; now there was a *señor,* that Don Jesús."

"And you knew him, Señor Gavira?"

"No, not well, but I dealt with him a couple of times. Straight shooter. And you, Señor Galindo? Did you know him?"

"No. Knew of him, of course. I *do* know Don Julián."

"And so do I. Yeah, he's no pushover either. . . . That man's got 'em hanging right in place, yessir. They're made a-brass, as we say. . . . He's up in years, now . . . well . . . so am I. And you Señor Galindo, how old are you?"

"Twenty-eight."

"Hmmm. Me, I couldn't hit sixty with a shotgun."

"You're over sixty, Mr. Gavira? I pegged you at fifty-five, top."

"That's what everybody says." Laughing. Grinning. "But I know better. Come some of those early morning Valley fogs out-a that Gulf of Mexico, oh my, do I feel the years. . . . Ah, back to the photograph, the woman's name is Numa Zena, but we call her *Gumersinda;* that's the closest thing to Numa Zena . . . a strange name that."

"Sounds like one of those black names."

"Don't it, though. But she ain't. You got the picture in your hand. Aw, she ain't much to look at, but she's good people, know what I mean?"

"Sure do . . . and that's what counts."

"I'll say . . . but you've been on this route before, right?"

"Not for years, been a long time since I was up in Michigan."

"You work there, Señor Galindo?"

"Some . . . "

"Well, according to Don Manuel Guzmán, you been working since you was a kid, he said you'd been up to Traverse City, Big Rapids, Reed City . . . "

"I did, when I was a kid."

"Who did your folks travel with on those trips?"

"We used to travel with the Cordero family."

"You . . . ah. You an orphan then?"

"Yes. My folks died in a train-truck accident years ago."

"The Flora wreck. Is that the one?"

"The very one . . . "

"Why, you must know Beto Castañeda."

"Oh, sure, we're cousins. I've got close to eight years on him."

"Well, since you mentioned the Corderos, I hit on Beto . . . good, hardworking kid. Useful and bright, too. No, he don't talk much, but he's no quitter, and I'm not just saying this 'cause you all are related, either. He really is a good one. Speaks English, too, and he *does* know them highways, all right. And work? Hooo. He, ah, he's sweet on Marta Cordero. He and Balde, that's Marta's brother, well, the two really get along. The Corderos raised Beto, you know that. Anyway, they're too young to think about marriage, but he and Marta make a nice couple . . . "

"I know the Corderos well, I first met Don Albino up in Iowa."

"Mason City, right? Yeah . . . I usually sign 'em up or recommend them, one. Don Albino is a good man, no two ways about it. Brought up Balde the same way. My guess is that they're still back in the Valley; Klail. No idea who they're traveling with this year. Or where, either . . . Just so they don't sign up with Fat Frank Alvarado; he's a bad one, he is . . . .

"You notice that highway marker, Señor Galindo?"

"How's that again? I must've missed something."

"I said we'd be pulling into Rosenberg, Texas, in half an hour, soon as we're out of the city limits, you can spell me a bit. Okay with you?"

"Sounds good; looking forward to it."

"It's like I said, Señor Galindo: the years are catching up with me. All I need is a two-hour sleep, though, and I'll be good as new in no time . . . Ha! Maybe not as good as new, no, but as good as the truck. Used, but in good condition, right?" Laugh.

"I'm here to help, Mr. Gavira. Just say the word, and I'll scoot on over."

Leocadio Gavira, owner and sole proprietor of the Dodge truck he baptized the *Oklahoma Fireball Express* stopped along the side of the road so I could take over. Some of the workers got off, wanting to know if there was something they could do to help, but Gavira explained that there was nothing to worry about.

"Change of driver is all. This here is Rosenberg, Texas; I'll sleep for a couple-a hours. Señor Galindo is a *good* driver. Now, if some of you have to go, *go* now."

Gavira got back into the cab and pointed the way for me.

"There's a public park four blocks down; we can take a pee break there. They all need to stretch out some, anyway."

The Okla. Fireball was half way to Texarkana that first day; the people, *la gente,* were all from Belken county—Klail City, Bascom, Flora and Edgerton—and on their way to Benton Harbor and St. Joseph to work the Welch grape vineyards near Lake Michigan.

THE SEARCHERS IV

"Who's knocking down there? What do you want?"

"We need some help, some information . . . You the pharmacist?"

"Yeah; I'll be right down."

"Who is it, John?"

"Mexican, I think."

"Are they sick or what?"

"Now, how in the world am I supposed to know that?"

"Keep your voice down, John."

"Oh, Christ . . . Where's the other shoe?"

"There, by the dresser. What time it is anyway?"

"Look at the nightstand there, four in the morning. Hey, down there, I'll be right down."

"I'm hungry."

"Same here, but first things first . . . We'll see."

"What are we down to?"

"Let's see . . . gas and the twenty I gave to that justice a-the peace . . . We got eleven left. Eleven dollars on the nose."

"Yeah, and now *this.*"

"Don't worry about it. We got-a tank full of gas, there's enough for another tankful, and we got the two loaves of bread for the trip."

"Okay, folks, what's this all about?"

"My name is Rivas, and this is my wife. We're here about the two bodies in the wreck."

"Are you the son-in-law? The one who sent the telegram?"

"Yes, and I might's well tell you right off: I got eleven dollars and I need all but two or three . . . "

"We can settle that part later. The J.P. charge you anything?"

"Yes, he took twenty for the death certificates. We paid the air freight for the bodies already. Can we see them?"

"Yes, sure. Oh, I'm sorry, ma'am, forgot about the cold. Come on in. Here, let me get the light for you. There, okay now, right through here."

"Theo, I don't want to see them."

"What'd she say?"

"Says she doesn't want to see the bodies."

"Yeah. I can understand that, all right."

"Theo . . . I'll . . . I'll just hang back here, okay?"

"She staying there?"

"That's right."

"There's a chair if she wants it . . . Here, follow me. Now, how you going to get the bodies over to Colorado Springs from here?"

"In the pickup . . . "

"Can't do that."

"Oh?"

"State law, see."

"Yes, well . . . how much is it to take 'em over there?"

"It's more 'n eleven, I'll clue you."

"Yes . . . Well, can I pay you later? By money order?"

"Yeah? Well, I guess so. Sure. Here, here's my name and address."

"Thank you. You'll get your money. Want to shake hands?"

"Shake? Yeah, sure."

A soft nudge. "I'm sorry, Claudia, but it's time to go now. How do you feel?"

Smile. "Cold. You?"

Chuckle. "Yeah, me too. You're good folks, Claudia."

Smile. "What time will *they* get to Texas?"

"Tomorrow afternoon sometime . . . Angel's going to pick them up at the airport." Pause. And then, "Well, I guess we'd better get started. Check the door lock."

"Ah, you never did tell me about the pharmacist. Was he, was he *okay?*"

"Sure. It's all fixed up, and I still got the eleven on me."

"I wonder how the kids are? You know, I've been so worried about *this* that I just thought about the kids now, for the first time."

"Sure, me too . . . Don't feel bad, okay? We had enough to do just getting out here in the first place. The kids are fine, really. Let me have that map there."

"Want to sign right here?"

"Sure . . . "

"Thanks; say, those relatives of yours, by any chance?"

"No, they're some people killed in a wreck a couple of days ago."

"Oh, they're from out-a state, then?"

"Migrants."

"Migrants?"

"Yeah, Mexicans from Texas up here for the harvest."

"I see . . . "

"Yeah."

"Well'p, see you."

"Right, sure . . . "

"Well, if we don't stop for anything but gas, I think we can make it by this evening. A straight shot. We won't get there *that* early, but we can make it . . . You think we can buy some Velveeta for the trip?"

"No. I'd like to, but . . . what if we come up short on the trip?"

"Yeah; I guess so . . . "

"In the name of the Father and the S . . . "

"Yeah, the Father . . . Not much help on this trip, was He?"

"Theo . . . ah, where in *Missouri,* they say?"

"A place called Sedalia, Route 65. . . . "

"And they'll wait for us?"

"Sure . . . they got the kids."

"I'm worried . . ."

"They're okay, *really*. All set?"

"I guess so . . ."

"Well, Claudia, take a long, last look at Cheyenne Wells, Colorado."

"In the name of the Father . . ."

"Hey, John, you get your Mexicans off okay?"

"Yeah. I imagine they're on their way by now."

"Man, that was some wreck."

"Aha."

"And the in-laws? They left yesterday?"

"Guess so. Old man Fikes got twenty out of them for the death certificates. The man had eleven bucks on him when he came by my place. Woke up the wife and me."

"Yeah, I know. We sent 'em over. You charge 'em much?"

"Well, you can't squeeze blood as they say, but the way he grabbed my hand he probably could."

"Ha-'bout that? That's a good one, John."

"Yeah . . . see you, Dave."

"Yeah, right."

Señor and Señora Esteban and Dorotea Múzquiz, natives of Bascom, Texas (Belken County) were killed in a one-vehicle accident (as the Pueblo *Chieftain-Star* put it) on the outskirts of Cheyenne Wells, Colorado; the migrant couple was on its way to the northern part of the state. Their pickup struck an embankment on the poorly marked Route 365, and the Múzquiz couple were killed on impact.

The younger couple which came to claim the bodies, Teodoro Rivas and his wife, Claudia, were on the migrant trail to Mankato, Minnesota. After the identification, the town pharmacist-coroner-undertaker notified the Texas dependents by phone; these then called the migrant labor camp in Tulsa, Oklahoma, where the Rivas couple had stopped overnight.

From there, then, the Rivas couple borrowed some money from their fellow Texans and headed for Cheyenne Wells; they were to meet in Sedalia, Missouri, two days later.

THE SEARCHERS V

Tom Purdy must be around sixty years old by now, in 1984; some twenty years ago, this high school English teacher from Pinconning, Michigan, took a personal decision; small, by worldly standards, but solid and from the heart.

Unfortunately, and sad to say, I didn't know him as well as I would have wanted to; I met him and his wife by chance; a fluke. I do remember them well, though: quiet, strong, resolute.

Physically nondescript, I remember he had one of those so-called five o'clock shadows one used to read about years ago. And, Purdy would've had a magnificent mustache except for the School Board's ban against such things.

Mrs. Purdy was a schoolteacher as well, she was a little thing, but full of determination, as I discovered later on. Aside from teaching, she also gave her time to those clubs that are forever doing this and that.

The Purdys could just as easily have been Methodists as Presbyterians; the writer, by the way, has no basis for this assumption. They may have been Catholics for all the writer knows. But, it isn't important.

To the point. This simple, unassuming man, with very little money, too, decided on his own that something had to be done in re the squalid, barbaric, primitive housing provided (what a word!) for Texas Mexican migrant workers in southern Michigan. He sought no federal or state aid; on his own, then. Purdy spoke to his wife and so, both of them together with their two teenage sons, began to work on their own for a good number of people they'd never met and whose language they didn't speak. What it also cost them was time: time to talk with the growers (who turned out to be the owners as well) and it cost them some money (the Purdys' own) for them to buy roof shingles, concrete, electrical wiring, lumber, corrugated tin, paint, etc.

Tom Purdy's wife worked just as hard and as long as did the couple's teenage sons who gave up their own summer jobs; it took the Purdys the better part of two summers, and what they came up with wasn't palatial, to be sure, but then that hadn't been the idea, either. What they *did* do was to present the Texas Mexicans the opportunity to enjoy a measure of dignity much like that enjoyed in Texas: a clean, well-lighted place.

The Purdys accomplished what they set out to do but it took some doing: At first, of course, (of course) the growers called them Socialists, Reds, and the local press wrote a brief, ill-informed article which managed to ridicule their efforts and to belittle (that Jeffersonian word) that which the Purdys were trying to do.

Luckily for the Purdy family, and happily for the migrants, neither the federal nor the state governments had a hand in the project. The writer can well imagine what the outcome of *that* would have been.

And that's about it. Tom Purdy, his wife (I doubt I ever learned her name), and their two boys did what they could, and they did it because they *wanted* to. That last part is hard to understand for some people, especially for those of us who suspect the worst of everybody.

The Purdys have no idea how much the writer appreciates them and what they did. To top it, the writer—who keeps poor notes—can't recall those Belken County people who worked the fields in '62-'63 when Tom Purdy decided to help his fellow men because they were that: his fellow men.

A FEW WORDS

This section needed to be included here; the reason? It fits; that is, the writer—this writer—found it to be the proper place in this chronicle of Klail City and its denizens. Not a case of premeditation, then. In writing, there's no telling what'll come up next unless one uses 3 x 5 cards; this writer can't use cards systematically. One of those things.

To add to this, the writer has no idea how many lives Rafe Buenrostro has gone through, and, because of that bit of ignorance, here he is again, much like he appears in *The Valley*.

It was quite a surprise. Here we were, going from the 100% Texas Mexican North Ward Elementary to Klail's Memorial Jr. High and then, just like that, we ran across *other* mexicanos, we later found out that these had gone to South Ward, and they were different from us, somehow. Jehu Malacara, a cousin of mine, called them "The Dispossessed." Now, these mexicanos were one hell of a lot more fluent in English than we were, but they came up short on other things; on the uptake, for one, out on the playground, for another.

Example. When it came to handing out athletic equipment, we pushed and shoved as well as anyone; the American way, right? But these mexicanos hung back.

If our Texas Anglo classmates got the good footballs, we'd demand our share; not more. Equal; the American way. Naturally enough, the equipment manager—a bit of a pimp—tried to put the *chingas* to us, but a word to the wise is usually enough, and we told him way ahead of time that if a word wasn't sufficient, then push'd come to shove. Simple as that.

The first week, the assistant coach (no fool) would take note of the scrappiest kids and he'd tap us as prospects: "Say, boy, how'd you like to play seventh-grade football for Memorial?"

Some of us'd say yes and some would turn him down, but what we all noticed was that the docile mexicanos from South Ward usually hung back. Shy, kind-a.

The shit who handed out the balls and gloves in physical education was called Betty Grable, by us, and to his face. Blond and a bit short in the leg, and a Mexican hater; plain as Salisbury. At first it seemed as if he'd save the worst equipment for us, but after a couple of weeks we were sure of it.

A word to the wise had not been sufficient. Three of us decided he needed convincing that we weren't ready or willing or able to take shit from him or anyone else. The American way.

But of course one *always* needs proof that one is being given the shortest end of the stick. Charlie Villalón was the first in line for a week, and he saw to it, but he still got the crap of the lot. When Charlie brought this to Betty Grable's attention at the beginning of the second week, all Charlie got was a pair of raised eyebrows and a sniff.

Well! Charlie, without a word, gave him a harsh lesson in civility; it would've cost Charlie two weeks expulsion, but the Coach fixed it, of course, and from then on, it was first come, first served. The American Way.

One of the mexicanita transfers from South Ward, Conce Guerrero, was a Relámpago girl, a country girl.

Once, out of the blue, she said she'd known Jehu's parents. That Jehu's dad had died owing money at her grandfather's country store. It couldn't have been much, I don't imagine, but I *could* imagine what her merchant father must've said around the house on that account.

Jehu, had he got word of this, would've died from shame. Friends are friends where I come from, and so the secret stayed with me and with her, too.

Now, how was I to know I'd marry her a year after high school?

In our Junior year, Charlie Villalón was awarded a letter and a football jacket to go with it: K C in purple inside a white map of Texas. Young Murillo and I were given letters but no jackets. We were told we hadn't played enough quarters as per University Interscholastic League requirements. It was bullshit. The Texas Anglo kids *all* got sweaters or jackets. Oh, yes.

Well, came the following year and Coach Elmer "Nig" Hoskins came to class several times during spring training: "What's the matter, boys? How come y'all ain't out there running wind sprints and getting your licks like the rest of 'em?"

We told him.

Oh.

As dull as he was, he got the point; and, the school board, somehow, came up with enough money for sweaters for all the eligibles.

It didn't mean much, really. In fact, it didn't mean a thing: Charlie Villalón and a couple of the other guys on the team died in Korea in 1951 at the Chongchon River crossing.

At Klail High almost everyone took shop or Ag; some of us took both. The shop guy wasn't a bad sort, but you couldn't count on him; he'd take the easy way out if he could. As said, not bad, just weak.

During one of the field trips, one of the Texas Anglo guys made out like he had a fit or something, right in the bus. And then somebody else hid the bus keys.

Now, all of us had some sort of job or other after school and that meant we'd be late or lose the job, even. But that was okay; it was part of the fun of going to school. The keys turned up and the guy with the fit came to and old Simpkins, the shop guy, said not to worry: "We've got plenty of time, boys." Turned out he was wrong: damned bus came up flat 3 mi. out of Klail, and we had to run like hell to get to the jobs on time.

Territorial turf meant nothing at North Ward since most of us came from the same neighborhoods. It was different at Memorial Junior High and at the High, too. We noticed that the North Warders who'd made it to high school always sat on the gym steps; our legacy, then.

The South Ward mexicanos had no place to go; in limbo, as it were. To add to this, we made it a point to speak Spanish on the school grounds, even if it meant licks from the principal and detention hall, to boot.

When the World War II vets came home, many of us wanted to enlist right then and there. We were too young, of course, but we found we didn't have long to wait: Korea was just around the corner and later, among the dead, we counted David Leal, Ritchie Garza, Pepe Vielma and Charlie Villalón; four from our graduating class alone.

In the Spring of '51, Cayo Díaz and I drove up to the cemetery in Seoul to read off the names on the temporary markers. I remember it well because Cayo and I took and drank up a case of Blue Ribbon Beer between us. And now, of course, every time I look at a can of Blue Ribbon . . .

Frozen Chosen. Once, three of us, Cayo Díaz again, and an underage kid named Balderas and I took part in a three-day shit job: fishing for the dead. The *fallen,* as the chaplain insisted on calling the dead.

Artillery fights could last two-three days without a let up.

Many of the dead would wind up on the southbound rivers, ours and theirs, mixed and lumped together, bumping into each other. . .We'd wade in, waist high with G.I. poles and we'd stick 'em in the mud and hook the bodies floating by as they bobbed knocking heads together:

"Hey! It's one of theirs!"

Let it go.

"Hey, Sarge, over here . . . this one's ours . . . "

Okay, just hold 'im there till I cut the dogtag. There, let 'im go.

It was hell at first, but by late afternoon of the first day, people'd bet to see which unit collected more dog tags, winner take all.

At times, out of the blue, the names come back automatically: Poulter, Harkness, Gómez, Blair, Reese, Olivares . . .

Dead is dead, and that's what Charlie Villalón got in Korea; I remember the time Charlie got twenty licks from Coach Schoenneman for copping a practice jersey. Taught Charlie a lesson, all right.

As I recall, one, and only one, of the neighborhood guys became a priest; Gualberto Ornelas. A fat little guy and a helluva singer, too. His dad, after he lost a leg in a train accident, turned to making homemade candy for a living.

When some priests drove up one afternoon—black car, black soutanes (crows, my Aunt Mattie called them)—Mrs. Ornelas cried as Gualberto shook hands all around. Jehu and I looked at each other; my cousin shrugged and spit.

From then on, Sr. and Sra. Ornelas did as best they could, and I'd see them from time to time selling candy out at the race track, at the ball park, in front of the church . . .

Years later—army, school and work—I ran into Oblate of Mary Immaculate Gualberto Ornelas. I invited him to join old Father Pedro Zamudio and me for a beer at Dirty's. No, he couldn't, he said. Father Zamudio, shaking his head, predicted that Gualberto would never get to know his parish at all . . .

A matter of time, I said.

Don Pedro: "No, Rafe; it's a matter of style. That boy'll never settle down."

When the American school let out (I was in the third or fourth grade at that time), and provided one's folks stayed in the Valley for cotton picking, it was back to school in June and July; the neighborhood school run by Mexican national exiles. There, Señor Bazán would lead us into the Mexican National Anthem:

Mexicans, at the cry of war . . .

This, of course, after nine months of *Texas, Our Texas* . . . And here it was, June and July again: the *twos* tables, Rafe:

dos por dos son cuatro
dos por tres son seis . . .

And then: Jehu! ¿La capital de Albania?

Señor Profesor, la capital de Albania es Tirana . . .

And then, Mexico is an inverted horn of plenty! Look at the map!

From here we go to more class recitation:

Man is an individual
MAN IS AN INDIVIDUAL!

Gender?   Homo
Family?   Hominidae!
Species?   Mammalia!

Man is distinguished from other animals specially because of his extraordinary mental development!

Repeat it, please!

. . . because of his extraordinary mental development!

Says who?
What-was-that?
¡Que sí, señor!
Ah . . . on your feet!

MEXICANS, AT THE CRY OF WAR . . .

Señor Bazán: (Rather sadly) ¡Hasta mañana, muchachos!

Swimming in the Río Grande. It's ox-bow lakes, *resacas;* or out in the canals . . .

Last one in is horseshit!

And off we'd go out of the starting blocks. My brother Israel was the top swimmer, and it was he who pulled out Pepe Vielma when Pepe came up with a cramp. We ranged from twelve to sixteen, and no one said a word about Pepe's cramp when he walked back home that day.

Since Klail is surrounded by natural water canals, we'd go swimming there, too. At the Canal Grande, Young Murillo dove near one of the locks and he was the first to see the drowned boy rocking back and forth in the tall tules, a Klail City kid who'd run away early that summer.

At another time, near the waterfall, by the dam, we saw a grown-up who'd been more than half-eaten by the Río Grande garfish.

We couldn't have been very bright: we couldn't understand why we'd get whipped for going swimming without permission.

It's great being a kid. There's work, sure, but there's so much to see and do, too. Weddings, for instance; Texas Mexican weddings, what else?

Music, noise, people, Mexican and American beer, dancing, girls . . .

The year before my father died—was murdered, as I was taught to say—he took us all to the Vilches Ranch; my dad had led the commission asking for the girl's hand. She was to marry a relative of ours. Obdulio Yáñez, the He-Mare. Obdulio was a lump, my father said.

I was going on fourteen that summer, and I saw Conce Guerrero at the wedding. Nothing happened between us on a long walk we took, but it *looked* bad and she got a reaming out. The following week, I walked from our ranch—El Carmen Ranch—to Relámpago, six miles away, and asked formally if I could see Conce and her mother. I explained that time got away from us, and that that was it.

A week later, at supper, my dad told me of Señora Margarita Guerrero's visit to *our* house: "Don Jesús, Rafe called on us last week. He was alone, and it was his idea to come calling." My Dad laughed and said she called me *un hombrecito serio.*

After supper, on the porch, I offered no explanation for my visit to the Guerrero family, and my Dad, who asked no questions, smiled first and then looked at me very seriously:

"Dame esa mano." Let's shake on it.

END OF ANOTHER LIFE OF RAFE BUENROSTRO

BROTHER IMÁS

Witnesses, witnesses, witnesses. All six or seven thousand of them had seen the late Bruno Cano go under rich Valley loam (and in sacred ground, to boot), and it must have been riding close to nine o'clock (CDT) when Father Pedro Zamudio and I finally headed for the parish house. It'd been a long funeral, but more on that later.

Father Pedro looked depressed, saddened, beat down, even; but appearances are merely that, and nothing more. The man of the cloth was aboil, and the targets of his wrath were at hand: Belken County (Texas Mexican sector), generally, and, specifically, the Carmona Brothers, Lisandro and Sabas. It was they—and no one else—who had led Don Pedro—and that's *led* not *lied*—and then convinced him to bury Bruno Cano in sacred ground after Cano and Don Pedro had had a fatal but entertaining run-in the night before.

That night he started off with Bruno Cano and Melitón Burnias (that's Hard-luck Melitón) trying their hand and luck at coming up with some gold bullion said to be buried in Doña Panchita Zuárez's backyard, or near there. For the record again: Doña Panchita is a *curandera,* a healer. She also earns part of "my living," as she calls it, mending broken hearts and virgos.

Cano and Burnias were unsuccessful (as so many other before them), but it wasn't the failure that caused Bruno Cano's myocardial infarct; the man was a business man and used to failure. No. The infarct was due to a helluva fright and to an even worse temper fit directed at Don Pedro Zamudio who had refused (God's truth) to help Cano out of the ad hoc hole which he (Cano) and Burnias had dug.

Don Pedro and Cano came to hard words, and when Cano insulted Don Pedro's mother, the priest refused to bury his old friend. No, no and not on sacred ground, either.

The Carmona brothers prevailed, however, and took charge of the funeral. To the point: less of a funeral, more of an entertainment—a foofaraw—and the damn thing took seven hours. Four choirs and everything . . . .

And here we were, Don Pedro and I, seven hours later, heading for the parish house. Evening had come but the sun was visible still at nine o'clock, and it was hot; July-August hot. The first thing that came off was the collar.

"Here," he said. Then the soutane and again, "Here, Jehu." And then his jacket and, since I was already carrying the ornamental funeral candles and candleholders and that big old Bible, well!, I couldn't keep up as he quickened his pace and that temper of his, too. The breathing was a fright, and the fury was now zeroed in on the one target of opportunity: the Carmona brothers. . . .

Don Pedro was working on one of those sermons of his, and here I was, sweating, lagging behind, being yelled at, out of breath, hungry and thinking of having to hear that fire and brimstone that night at supper and then for six regular masses plus the evening Mass at a ranch mission as well.

As acolyte, I was as much a prisoner as the Flora parishioners. And would they show on Sunday? Of course! Would the Carmonas show? Sure, it was Don Pedro's turn to get even and while Flora people are many things (and one can convict 'em of being dull most of the time) but they're not rude. They'd show, and they'd take their punishment, too. No need to say that they'd wait for another chance to get at the mission priest who, after all, was Flora-born and raised. (Oh, if Rome knew what went on in the outside world away from the view and sight of *L'Osservatore* . . .)

The thought of Old Chana's supper kept me afloat, but barely. To add to this, I'd have to bolt the food if I wanted to sneak out that night. The sneaking out would be easier this time since Don Pedro's mind was on vengeance (Romans xii, 19) and I wouldn't have to worry about Chana's tattling this time.

We walked in and Chana spoke first: "Supper's on the table, and the limeade is as cold as it's going to get."

I'd spotted her at the burial site, and she knew I had. I winked at the old fraud, but she pretended otherwise and turned the glasses upward and filled them. She busied about doing nothing, avoiding my stare at any cost, and then went out to the porch.

Don Pedro ate in silence, but I noticed he ate well enough. I was on my firsts when he rose (without a word of thanks for the meal) and went to his room, slamming the door behind him. I waited for a few seconds, and then I heard his voice, a low rumble at first and then that clear baritone, and finally the words started horning out here and there, and choice ones, too. The parishioners were among the first casualties, then the town of Flora came under fire, after that, the Valley went up in flames. At every inch of the way, though, the Carmona brothers and Bruno Cano were put to death, sent to Hell, resurrected and put to death again. Don Pedro was working on the sermon and enjoying it for once. "Seven hours! Seven! You sinners! No lunch, no *merienda* and no supper either. No bathrooms! Prisoners all!"

I wanted to hear more, but I also wanted to go downtown, and I did. After all, I'd hear the sermon from first Mass on, and by then the sermon would be polished to a high gloss and served to the cream of Flora society which, in turn, would sit there and take it and love every minute of it. They're incorrigible.

But, by the time that Sunday rolled around, I was no longer living in Flora; between the time of the funeral and Sunday, a matter of four days, I was off and running again, this time with Brother Imás: A Preacher whose Persuasion was Protestant (sicut) and whose itinerary was variable and whose calling constant (sicut, bis).

The Brother was named Tomás and thus answered to Tomás Imás. (Some parents have gone nose first and straight to Hell for less). According to him, he had abandoned His Humble Hearth to follow the Lord's Path, Preaching Precious Parables to Philistenes and other livestock that had wandered, raced or strayed from the Lord's Lovely Light. (We may as well stop right here; it could be because of his name or because of personal, peculiar or particular preferences—and I believe it's catching—but Brother Imás was a card-carrying alliterationist).

Brother Imás was keenly interested, first of all, in saving people from the Fiery Pits and, secondly, and on a dietary note, on eating at least one hot meal every day. Since he worked in the Valley and specialized in the mexicano branch of Christianity, the pickings were far from lean: the Valley mexicanos had already been stretched in the matters of credulity and belief and faith first in 1836, then in 1848, and subsequently, as well. As for feeding one's fellow, well!, this is plain good manners and customs, isn't it? The Valley mexicanos solved Life's Great Problem years ago: Deny neither food nor comfort to anyone, and when it comes to salvation, women and children first. After that, it's every man for himself.

It just so happens (so to speak) that on that Thursday after the funeral, I was on my way to Doña Panchita Zuárez's lot, shovel in hand, and ordered to cover up the hole dug up by Bruno Cano and Hard-luck Melitón. As you've read, this was the hole where Cano's heart collapsed on him. It was one of those days where it looks like rain and then it *doesn't,* and that may explain why the heat wouldn't let up for a minute. Since I had the entire day to carry out the chore, I'd stop here and there, greeting a friend here and a friend there when I spotted Edelmiro Pompa talking with a man, an outsider, a *fuereño,* as we say in the Valley. And there he was: black-suited, a white, buttoned-down shirt, no tie, wearing one-a those hard, flat, wide-brimmed straw hats popular back in the thirties, and talking to Edelmiro.

When I walked up to them, they were talking in Spanish and then I heard the *fuereño* say: O, blessed, when you growing up, you will be seeing how important are education and the benefits, or something like that. The words were in Spanish, all right, but that intonation! And the pronunciation! He *looked* Mexican, as Anglos say, but as soon as he opened his mouth and that Spanish came out . . . well, whatever it was, it was unique to a degree.

I looked at him a while longer, and I noticed that he stood with his hands behind his back which was okay, too, but he didn't rock back and forth like a grown up, and he didn't use his hands much either. He then crossed his arms and even *that* didn't look right. An outsider, then, no two ways about that. Edelmiro hadn't said a word for a while; he kept his eyes on the *fuereño* making up his mind about something, it looked like.

Edelmiro'd shook his head just a bit and didn't even return my "howdy" when I came up to them. I finally got between them and Edelmiro pointed with his lips and said: "What do you think?"

The *fuereño* threw out his hand and I caught it as he said: "One of God's Good Guests, Tomás Imás. I Sing and Say Psalms for Salvation."

"'lo . . . (I got my hand back), Jehu Malacara, I just live here is all."

"And that shovel? You're a worker?"

"Oh . . . I'm on my way to cover up a hole; a big hole."

"A big hole? For a dead Christian?"

"Afraid so, yes. The thing is that the dead person isn't in the hole, though."

"There must be a logical explanation, youngster. A basis of historical reasoning for covering an empty hole?"

"It's a fairly long story, sir; I'm not sure I know where to begin . . . You weren't here yesterday, by any chance?"

"Oh, yes, I, your newest friend, was present. But I was alone in this deserted town. Present and all alone and alone until night fell when I see the townsmen late at night."

"The town was deserted because everyone from Flora was at the funeral. Isn't that right, Edelmiro?"

"Right. Jehu and I here are acolytes, and we were at the funeral."

"Funeral . . . and who is dying and getting buried, youngsters?"

"A man named Bruno Cano."

"He owns the Golden Fleece, the slaughterhouse."

"And his bereaved wife? Her whereabouts?"

"Aw, she's dead; been dead, right, Jehu?"

"Ah-hah."

"Oh? And where do you do your work?"

"I work for Don Pedro Zamudio."

Edelmiro: "That's the priest I told you about."

"The village priest?"

"Well, sort-a; the mission priest."

"Well now, I too toil the vineyards of the Creator."

"You mean you're a priest?" Edelmiro.

"Lutheran priest, a Preacher of Precious Parables."

"Are you a holy-roller?"

(Softly) "Geez, Edelmiro; that's a dumb . . . "

"Why? What's wrong with it?"

"I'm a priest. A Preacher of the Perpetual Pronouncements of Providence."

"He's a roller, all right."

"And you are being an acolyte, you say?"

(Softly) "How do you like his Spanish, Jehu?"

"Yes. I . . . I . . . I help out in the mission . . . but I also run errands, sweep out stores and once I worked in a carny troupe."

"You are having no parents, then?"

"That's right; I'm an orphan, but I'm Valley-born, and I've got friends and relatives here."

"Youngster, I am spending this Friday here, and tomorrow I am on my way to Klail City. You want to be my assistant? Want you, then, to Search for the Salvation of Souls and the Sweeping of Sins under the Soil? No, answer not as yet, you continue with your shovel work, and tomorrow you decide, for tomorrow is Friday, the Fairest Day of the Faithful."

"Well, I . . . who's to know what will happen tomorrow?"

"Only God, that's true."

(In the meantime, Edelmiro breaks in: You want a ride to Doña Panchita's? We can ride double.)

"Okay . . . ah, Brother?"

"Please?"

"I gotta go now, ah, I'll see you."

"No doubt."

"What'd he say his name was? *Más y más*, more and more?"

"I dunno, Miro, that's what it sounded like to me too."

"Lemme tell you this, Old Don Pedro better not hear you been chinning with no holy roller 'cause . . . "

"Ha! Two weeks ago, a week ago, yeah. Now? Forget it. Right now he's thinking about getting back at the Flora types come Sunday."

"On account of the funeral? Really?"

"Well, what did you expect?"

"Well . . . ha! that was quite a crowd out there, wadn't it?"

"I'll say . . . and I'll say this now: you-all from Flora don't miss a lick; and I'll tell you this, too: wait'll Sunday! Yessir. Come Sunday and Don Pedro's gonna . . . ah, which Mass you want to work?"

"Oh, I don't care. . . . What'cha got?"

"Well, I'm working the six, seven and the eight o'clocks. . . . I'll eat at nine and serve on the ten o'clock and the eleven High Mass."

"Look! Over there . . . there's Doña Panchita . . . Let's see what she's up to . . . Ah, before I forget, put me down for the eight and nine and I'll work with you on the High."

"Good . . . we're gonna need two more for the High, now. Nice morning, Miz Panchita."

"Isn't it, though? And what brings you out to this neck-a the woods?"

"That hole, and here's my shovel."

"And I see you've got yourself an assistant, too."

"Naw, he just gave me a ride is all."

"Well, if you want me to, I can help."

"And where're you off to, Miz Panchita?"

"To the herb store, kids. I need some balm gentle and some other stuff. I'll be back, and I'll leave you here with God."

"Yes, and a good-bye to you, Miz Panchita."

"Bye, Miz Panchita."

"Really, Jehu, I'll help, and then we can go to the River; whadda-ya say to that?"

"No, I better not, I really got to get to this, you know."

"I'll help; I'll spell you, really."

"Man! It's getting hot, you know."

"Okay, Miro; say no more. You're bushed, right?"

"Yeah, it's heavy going here."

"Well, we're about half done, I think."

"Come on, Jehu; let's leave it for now. Come on . . . let's hit that River."

"Okay, but we gotta come back to this."

"Sure, sure."

Sure, sure. Well, I didn't finish the job. What with going swimming with Edelmiro, stumbling across Señor Mata's watermelon patch and sneaking a smoke, time just flew right on by. It's that Daylight Saving Time; the sun finally went down, and when it did, so did Anacleta Villalobos, except she went down in the hole, and—wouldn't you just know it?—she broke her damn leg. Anacleta is like that; she's an only child (and that's just an expression); she's also the pride and joy, the apple of and etc. of her father Don Jacobo, aka, *Scorpio.*

His child is nearing forty; she's a bit on the arid side, too, and minus a steady boyfriend, another expression. She didn't even live close to that neighborhood, but there she was, looking for Miz Panchita in the never-say-die hope of locating some good news via the tea leaves; a man, some hope of one, or perhaps going o-for-four again. Cleta must've been looking at the future because what she didn't see was the hole. She plain missed it—and that *is* an expression—when down she went and there she stayed. For the count; that was some fall that was.

I received the news faster'n than fast: Edelmiro and I were finally on our way back from the Río Grande and we were tugging with the shovel when a grown-up said. "Don Pedro's hunting for you. Crazy Cleta got a broke leg; fell into Bruno Cano's hole, and . . . "

I remember extending my right arm and handing Edelmiro the shovel, and the next thing I knew I was running down to the Klail City-Flora Bridge. I must've run all the way and as hungry as I was, I still fell asleep almost immediately.

God came through again: another glorious Valley sunrise, the Gulf mist rising just high enough to form a rainbow that lasted an hour or more. When the sun drove the mist and the clouds away, I decided to cross the highway to sit under a chinaberry tree. If Brother Imás was really going to Klail City, he'd have to pass through here; there wasn't any other way . . . .

Around midday (and I'd missed three meals by then) I spotted him, and I waited for him under the chinaberry tree; when he drew up, I told him I was ready, and he didn't say a word. Instead, he looked at me for a while, reached for his knapsack and produced two navel oranges from it. Again, without a word, he handed me the larger orange and we started out that clear, cloudless July day leaving Flora and a trail of orange peels on our way to Klail City.

"Jehu?"

"Yes, brother."

"In the Name of the Lord."

"Amen."

A NEWBORN SUN

The Texas Mexican waltz *Messenger Dove, Fly and Tell (The One I Love and Waited For)* written by master songwriter Epaminondas Olivares shares the same tune with two of Brother Imás' favorite hymns: *Innocent Shepherd, Guard Thy Flock* and *Place This Hand in Thy Sacred Wound.* These, the hymns, are found on pp. 37 & 43, resp., of the hymnal *His Holy Hymns* pub. by Biechner Publishers of Oshkosh, Wisc. Brother Imás had sixteen copies of the hymnal as well as three other books and all of which were secured by a no. 4 fishing line cord. The other books were *The New Testament* with a Spanish trans. provided by ABC Translators also of Oshkosh; Suetonious's *Twelve Caesars,* in paperback; and *Poco a Poco,* the second book of Spanish grammar used in some Valley private (Mexican) schools. All of this, and more, fit in one of the knapsacks which he carried with him.

The day I joined him, he removed an empty knapsack from a side pocket of the full one, and thus we loaded mine up with books and some navel oranges as well as cheese parings, rennet, junket and *pan blanco* given him by the Flora faithful.

We ate two of the navels in silence and continued our march to Klail. At that time, Brother Imás must've been around thirty years old, and his face and hands wore that perpetual brown toast of the outdoorsman. The straw hat I spoke of earlier was either on his head or in his hand when he used it as a fan, but wherever it was, it was never out of sight. Months later, in the winter time, I discovered he owned and used one of those old-timey aviator caps, the ones with the side flaps that Capt. Rickenbacker and Frank Luke sported in *The Great War.* He owned but two pair of trousers, both black, and three white-on-white shirts; two of these were short-sleeved and one was a half-sleeved. Truth to tell, all three had been long-sleeved shirts when new. His suit jacket was a light-weight one and it too was dark and made of cotton. He wore the one pair of shoes and these, ankle high, had double soles, storm welts, what we call *viboreros,* snake protectors, and were pretty well worn but not down or out.

My own wardrobe was as fine as his although there wasn't as much of it: shoes, one pair and worn only when absolutely n., a pair of khaki trousers and another one made of jeancloth and cut much like the khakis. Two of my shirts were the short-sleeved, pullover type and the third one was a gift from Don Pedro Zamudio himself: white, long-sleeved which was meant, exclusively, for wakes and weddings. And, we both went without socks as a matter of course and convention.

It was quite the forced march from Flora to Klail City, and we arrived there at nightfall. It was also a long and hard march, but worth it: we had sized each other up and got to know one another well. I held back some, though, but now, years later, I find that he learned more than I suspected at the time. For his part, however, he told me his life story up to the time we had met on the previous day. I learned even more, but I didn't realize this until years later when destiny or whatever got us together again briefly. (This part I speak of was prior to his losing his left leg below the knee through necrosis as a result of a fanging by a common Valley rattler.)

Brother Imás was an Albion, Michigan-born Mexican. His grandparents hailed from Parras, Coahuila, Mexico, and emigrated to the United States as many others before and after them as a consequence of the Mexican Revolution. The family crossed the Río Grande (all of them: the entire family) and settled, lightly, in Texas, before moving on to Illinois first and then on to Michigan. The family worked up and down the Midwest for years until the grandparents opted for Chicago's *La garra* district where so many mexicanos have lived and worked and died. The children grew up, married and left the Home's Humble Hearth (Brother I.) and began scattering and strewing kids all over the place. Brother Imás' father, e.g., married and moved back to Albion and from there to Saginaw and then south and west to Kalamazoo and Marshall (and wherever there was work to be found), and, finally, back to Albion where Tomás, an only son among seven daughters, delivered papers as a kid.

English was the language and the order of the day. He didn't speak Spanish as a child up in Michigan with his old man. Brother Imás claimed he understood it fairly well since he heard it both at home and from other mexicano families in Albion and out in Adrian, Michigan, as well. His father stopped working in the fields (cherry, cucumbers, grapes and beets) and hooked on with a construction company as a laborer; by dint of hard work and some luck, too, he became an electrician's helper; this was the first indoor work he'd done in his life, and he liked it. From this, he went on to Auto-Lite and then with the Chevrolet Steering Gear Works in Saginaw, and finally, he opened up his own electrical shop in Albion from where he started off some years before.

By this time, Brother Imás was going on sixteen and had never seen the inside of any church. At seventeen, he joined the Army right out of high school, he was sent to Fort Custer, there in Michigan, where he swore mightily to defend the country and its Constitution. He took the oath in one of those two-story barracks that the Army—whenever it damn well pleases—converts into chapels, churches, temples, whatever.

He spent the next two years in the military between Forts Custer and Benjamin Harrison; the latter, at that time, in the northern part of Indianapolis, a city of homes and churches which also claimed some two hundred whorehouses, according to those who know of such things. That last datum came as a bit of a shock to the writer, but it was there, in Indianapolis, that Brother Imás ran into two Mormons (ties, white shirts, bikes) who were doing their two-year hitch in service for the Church in Indianapolis.

With Honorable Discharge papers in hand, Brother Imás made for Dearborn, Michigan, to sign up as an apprentice welder with the Ford Motor Co. On the religion side of things, he took to Mormonism for a while but soon after left the sect to hook up with some Pentecostals who were gathering strength through numbers in Dearborn at the same time. Then, one-two-three, just like that, he quit the job with Ford to become a pillar of the local Pentecostal church. And, not long after that, he hopped on a bus, arrived in Albion and announced to his parents that he was off, off to the Southern states, of all places, to sell Bibles to them who sorely needed them, he said. His travels took him to both Carolinas and Virginia and on through Kentucky, Tennessee, Georgia, Florida, etc.

Love showed up and came calling in the Peach State and Brother Imás flirted with the idea of marriage, but he left it at that. He claims that this made him a firmer adherent to the religious cause and so he took himself and his Bibles from Atlanta to Montgomery, Ala., where he ran into a Hazel-type who was also a full-time Bible salesman and who happened to be at the same bus station at the same time. Well, one thing led to another, and this is how Brother Imás learned of a school in Racine, Wisconsin, that specialized in evangelism, proselytizing and preaching.

He spent two weeks in Montg. and he then packed up the remaining Bibles on hand, drew out a money order and sent both books and money order to his employers up in Michigan. This done, he headed for Albion once again; the upshot of all this is that he spent a month with his parents and told them he was now ready to begin his life as a victim and lover of God, and that he was on his way to Racine, Wisc. His parents, Mexican-raised and thus adherents to laissez-faire, wished him well, pressed a few dollars on him, and so one must assume that love and respect were in long supply in that household.

So, he started his studies, *con ahinco* as we say, firmly and with purpose, but the curriculum (doing good, helping the fallen, loving one's neighbor and one's self, etc.) was something he already knew and had lived as well for the past two-three years there. He dropped out before the first year was out, but he was most grateful (and said so) for the time and patience given him. One of the things he did pick up was a working knowledge of Spanish learned from an Anglo-Swedish couple who'd done some long and hard time in the Valley.

The couple, after logging some twelve years in Belken County, returned to their Wisconsin Synod headquarters, and dedicated their efforts to train others to serve as preachers for a newly founded lode of Lutherans among the Texas Mexicans in the Valley. The couple had more than merely earned their way to Heaven, but now it was up to another generation to do the same. Brother Imás learned that unique Spanish of his from the couple, and the very first thing he did was to go right back to Albion to try it out on his father. Well! Brother Imás reported that both parents were pleasantly and then quite surprised at his usage; I believe this, having been exposed to it myself.

When we finally sat down for our first chat that day we trouped out of Flora, we did it under some heavy huizache trees that gave both shade and protection against the Belken sun which is like no other in fierceness. As said, the last half of the conversation was done at a walk, but at a steady clip and not once did Brother I. raise a finger in his hand to ask for a ride; not once. Later on when we got to know each other well, he told me he hadn't hitched a ride on purpose: he was testing me, he said. He wanted to find out on his own and without me telling him if I had the right stuff, if I could walk without complaining. Since I hadn't quit on him, that created a bond that lasted until I settled in Klail, and he moved on out to Jonesville-on-the-Río where, years later, he lost that left leg of his to that rattler.

That same first night, though, we found a place to stay; the back of Mr. Villalpando's garage, where he kept the tires used as trade-ins. We began to eat some of the parings and I remember we overate some. He had his eyes closed, his smallish hands on his smaller stomach and he began to hum a familiar tune, and I joined right in there.

Surprised, he stopped, looked at me and said:

"Why, Jehu, you do know the *Innocent Shepherd.*"

"What's that?"

"The song, Jehu; the hymn that sounds like *Place o' Lord Your Holy Hand on Me.*"

"Sorry, Brother, but there's some mistake somewhere; I mean, what you and I were humming there was an old-timey waltz called *The Carrier Pigeon.*"

"Oh, no, Jehu . . . not at all."

"Oh, yes, Brother. I know that song as well as I know myself. My dad taught it to me. He used to play it on the accordion."

"Accordion? Your father was a philharmonic, then?"

"Is that anything like a farmer? 'Cause if it is, that's what he was, you know. He played the 'cordion for fun; learned it by himself, my father did."

"Self-taught, then?"

"Yeah, that's it. Couldn't smell, buy or read a note, but he could play 'em. And fast, too."

"And . . . and you say that the song is a waltz about doves?"

"Doves, pigeons, there must be over twenty verses of eight lines each to it. I knew a bunch at one time."

"Strange . . . "

"It may be, but I knew 'em, and the tune's the same, all right."

"Well, Jehu, I learned the waltz at the evangelical school, I learned it from Mr. and Mrs. Edmundsen."

"The couple who taught you that Spanish of yours?"

"One and the same, yes."

"Well, I guess that's it, then . . . They lived down here for many years from what you say, and I bet they just took the music by Maestro Olivares."

"Took? Take? Ah, no, Jehu, they are honest people."

"Friends of yours are friends of mine, Brother Imás, so we'll change the *took* to *borrowed.* How's that? We'll say they borrowed the notes and then added new words."

"Sacred words, Jehu, that serve our fellow man."

"Amen."

"Good, Jehu, good, good . . . Since you know the melody, you and I can sing it together."

"You mean now? Right now? Here?"

"Well, yes; unless you think we'll disturb somebody."

"Oh, there's no danger a-that here with the tires and all."

"Well, here's the book; open it to page thirty-seven and then we'll do hymn forty-three. Ready?"

"Here we go."

Well, sir, we commenced a-singing, as they say, and I'd sing melody or he would and there we were until I got those hymns down pat, and I said I'd teach him the *Tantum Ergo* in Latin, and this took him to Martin Luther—a great man, he said—and then I said I'd teach him a hymn in Spanish sung in the Valley, the one about *I Raise My Voice on High to Laud Thee Only, Lord,* and which, by the way, was Don Pedro Zamudio's favorite of favorites. Brother Imás never said die, and then I taught him others as time went on in Klail City.

Note: When the Brother and I spoke *solus,* he didn't rhyme or make use of alliterations. This was natural talk, and the other was the public voice; the public persona, as it were. Now, he never did explain (and I didn't ask, by the way) why it was he spoke one way and then the other, but I guess he did it for effect. A way of getting attention, see? That *sui generis* pronunciation, however, was as constant and as unique as the sun whose rays we etc.

Well, we sang the night away, and it was agreed we'd (and there I go, rhyming again) both go see Don Manuel, the one cop in Klail, about public preaching and singing so as to keep within the law. I did explain to the Brother that since I had worked in Klail City with the carny troupe, that there were some people who knew me. And vice versa. Since he didn't say one word to that, I went on to say that I was blessed—BLESSED—with a fine memory, and that if he wanted to teach me some prayers, why, I'd learn them and give the people a sermon or two. His ears raised a bit on that one and he said that tomorrow was another day (which it was) and that we'd both start working in the vineyards of the Lord.

"Jehu, in the name of the Lord, you may go to sleep."

"Amen, Brother."

"Amen."

WITH BROTHER IMÁS

"No one who has had his testicles crushed or his penis cut off shall marry into the Lord's community . . . That, ladies and gentlemen from Belken County, is what Saint Deuteronomy says, yes!, and he said it right there in the Bible! *Our* Bible, the very one . . . Yea! Listen to this, dear brothers in and of the faith, hark! Hear what the saintly Saint Deuteronomy also tells us. You may eat any clean bird, but the following are the ones of which you must not eat: the griffon, the vulture, the eagle, the buzzard and the kite in all its several species.

"Well? What-do-you-say-to-that? Now, the Bible isn't going to lie, is it? And, it presents us with advice . . . good, sound advice, yes! As sound as the one I've just quoted for you. Are you in doubt? Have you been cursed with bad luck? Do you seek the love of that special someone? Listen to this: Seek and you shall find all the answers in this sacred book . . .

"So you don't read English, is that what's holding you back? Ha!, I say. Think of your salvation, friends: you need not understand what you read to be saved! Are you listening? Let me hear you say AMEN!"

AMEN!

"That's it . . . this old, I say and I repeat myself, this old, ancient even, this old Testament has the power, yes! The power and the glory of the written word! Yes, yes, yes. Salvation and the road to salvation may be yours by having this book in your possession, at home, on the job, oh, yes . . . What a miracle, people. Do you hear?"

YES.

"This tender tome, today, tomorrow, practices, preaches and protects us here and hands us happiness for the entire family . . . ah, family!"

FAMILY!

"Look at this sample, see, in my right hand, the hand of the heart, the hand of truth: 'Oh, get thee behind me, Satan, all flesh is grass.' Yes!

"Look! Listen! Take this book home, you gentle people of Bascom . . . Now!

"To repeat, it doesn't matter if it's in English; not at all. What *does* matter is the *act;* the act, the grand gesture, *not* the translation that Perpetual Providence Provides for us as we walk those-oh-so-long-and-narrow bridges to ETERNAL HELL, but why listen to *me*? Let me read what Job says to Eliphaz: 'No eye shall see me; And he puts a veil over his face. He digs through houses in the darkness.' Here, here, here allow me to translate:

"El ojo (eye) que mire (that sees) pondrá (will put) buena cara (a good face) a las casas (to the houses) que tengan este texto (of darkness).

"No, my dear brethren, no, the Bible doesn't lie. And how could it? And if I, a child of fifteen, am a messenger, it's because I've seen the light and I know the way . . . I'm an orphan, yes!, but not orphaned of faith, no! The messenger! *Take* those well-written wondrous words, partake of faith, fellowship and felicity. Now!"

NOW!

"Thank you. A quote! Yes, a final quote: 'Is this Naomi? Is this Naomi? Is this Naomi?' The answer to *that* is in the book of Samuel, and I—Jehu Malacara—a native of Relámpago, Texas, just down the road there, have found the answer. But! It wasn't easy, no. I worked and labored, long and hard, here and there, and everywhere. But I was lost! And then? Lost and found. Yes, a servant to the reverend Father Pedro Zamudio from Flora—a saintly man—and through him I saw the light, and I saw the way; I memorized the Bible, with special care for the Old Testament and respect for the New one . . . The Old one is old, but more than old, it's a testament! Amen. Secretum Secretorum. Poridat de Poridades. Amen. Amen."

AMEN!

That, then, was part of my life with the sainted Tomás Imás,

Lutheran believer
of sainted breast;

Strong deliverer,
though humbly dressed,

when I sold Bibles up and down and in Belken County.

He had sold Bibles years before in Tenn., Ala., Ga., the Carolinas, etc., but he'd done it door-to-door, and that's a killer. Now
here, in Belken County, it's too hot for door-to-door selling, as I
told him. You've got to get folks in a crowd, bunched up, see, like
on Saturdays when they come in for groceries and such. So, after
my spiel, I'd step down and hawk the stuff face-to-face.

It sure didn't take me long to see that I was going to waste my
time talking to the men; it was the women who'd do the buying. A
smile helps, of course. But, good quality helps too; solid buckram,
good, clear paper, the ink black and uniform; nothing cheap, those
Bibles. We charged them $3.00 per book and this proved to be a
fair price as well as affordable.

The profit was enough to ensure that we'd each eat at least one
hot meal a day; who could want more?

We'd done well in Bascom, and Edgerton was next on this go-
round. Brother Imás kept his hands down as we walked; no hitch-
hiking again, but it wasn't meant to be Edgerton: he had spotted a
roadside cottonfield and said he'd taken the Word right to where
the hands were going at it. And it was there that the common Valley rattler made a grab for his leg.

As mentioned earlier, he lost part of the leg below the knee,
and after a fairly long convalescence (which the Wisconsin Lutheran Synod covered, by the way) he went to live and work in
Jonesville-on-the-Río. He kept up the preaching end of it, all right,
but no more traveling, he decided. Jonesville's always enjoyed a
good-sized crop of Mexican protestants, and Brother Tomás Imás
regarded the snake bite as a sign for him to stay put in Jonesville.
It was a good sign, I said, but *I* hadn't gotten it since it was meant
for him.

The following year, P. Galindo helped Brother Imás get a ride
to Albion, Mich. Karl-mel Jara was going up, and he and P and
some truckers got together, selected the truck and the route for

him. One of the truckers said he was going as far as New Buffalo, Michigan, and that was enough: from there, all Brother Imás had to do was to hop on a bus to Albion where his folks'd be waiting for him . . . He did so, grateful to the end, of course, and I lost sight of this fine man for some time.

For my part, I fell ill for a while there, but after I recovered—nothing serious—headed for Klail and landed there like a cat: on my feet and working at my Uncle Andy's gaming hall. I worked there until I hooked on as a goatherd part of the summer at Don Celso Villalón's ranch. (A word on Don Celso: he sported two nicknames, The Tiger of Santa Julia and Buckshit, and not Buckshot as some people think. Why Buckshit? Because the man dearly loved to fire a shotgun he himself had sawed off years ago. No reason to fire, he said, just liked the sound of it. As he said to no one in partic., "I can afford it. So what the hell?")

A couple of months later, Don Manuel Guzmán drove up to the Villalón ranch and drove me back to Klail.

"You're going to school, boy, and you're staying with my wife and me. I'll see about a job later on . . . "

And I did, and I got to see Rafe Buenrostro and the other guys. What I didn't know was that Don Víctor Peláez had remembered me in his will. It wasn't much, but the idea of being remembered was enough for me to settle down, to give it my level best at Klail High.

AT MY UNCLE ANDY'S, GENERAL SWEEP AND GAMBLING TABLE BOY

As soon as Brother Imás decided to head out to Jonesville-on-the-Río after a five-month stint in Klail City, I opted to stay in Klail, and as I did so, my Uncle Andy took me in at his gambling hall, one of those open-air places of sin found in Baptist Texas. It happens.

Uncle Andy quoted Livy in re a man's personal habits being his own, but this didn't set right with his wife, my Aunt Aureliana. He smoked a bit and drank less, but he had set his goal toward populating part of Klail and most of Bascom and Flora is his lifetime. The issue was a strange variety of jetsam and this, again, made my Aunt Aureliana difficult to live with. Considering.

About the time Rommel was driving Churchill and the Eighth Army to distraction and admiration, my relatives were in their fifties and love, as we say, was a word heard elsewhere.

As said, my uncle owned the place, but he didn't operate it actively; for this he'd hired two of his illegitimate sons, Felix Bustos, the day man, and Domingo Loera, the night shift. The den was a two-room affair placed at mid-alley off Hidalgo Street. You'd never catch him cross-armed and standing behind the bar or wetting wiping-rags to wipe the chalk marks off the domino tables. He was busy on other matters; skirting the issue or, as he said, *en asunto de faldas.*

Nothing to running the place since it was an all-drink, no-food situation, and it was here, years later, that the following took place:

It had become a beer joint then, different name, different owner and everyone with twenty years on all our backs and faces. Ernesto Tamez up and broke and smashed a 6 x 6 foot mirror during the course of a three-day drunk, tear, bat or as we say: *una parranda de falda afuera y de bragueta abierta.* Polín Tapia had painted a blowsy nude, and then Ernesto Tamez came along and threw a half-full quart of Pearl Beer at it. Well now, Lucas Barrón—Dirty Luke—he jumped across the bar and sent Ernesto Tamez skidding across the glass and under a table; he stayed there, too. Wouldn't come out. Some ten to five minutes later, Ernesto's two older brothers showed up; Emilio the Gimp tried to tough it out, but Dirty Luke, he snatched and grabbed a heavy mop handle, broke it in half and then whacked the Gimp bam! you shit! Take *that* and don't ever say I never give you nothin' Emilio the Gimp's been deaf from that day on. Right after that, Joaquín, that's the oldest of the Tamez men, looked at the glass on the floor, threw a glance first at Emilio and then at Ernesto, and—without a word—picked up his brothers and took them home.

About a month later, another nude, and this, too, was Polín Tapia's handiwork; Joaquín Tamez had paid for *all* damages, spot cash, too, and then bought drinks for all the regulars at the Aquí Me Quedo Bar. The nude, through no coincidence, resembled that great and serious whore, La güera Fira.

My Uncle Andy's place was called The Oasis; the front room was a domino-playing section. The backroom was a more serious matter: baccarat, peep and turn, blackjack, thirty-one, etc. Not much talk going on in that one since gaming is serious play. I *liked* working there, and I went from table to table collecting a dime from the winner, and after every fifth game, I'd collect a nickel from each player. This, of course, was Uncle Andy's vigorish. He, in turn, supplied the cards, the dominoes, the chalk and guaranteed the following: no women and no music. It was better than home, he said.

Don Manuel Guzmán, the cop, played a damn good hand at baccarat, cooncan and was considered an ace at American poker, *póker americana,* as *draw* is called there. Don Manuel's presence insured that no trouble or hell-raising would be tolerated: the man liked quiet games, with friends.

Don Manuel tolerated my presence there; he'd known my folks for years and he was always after me to finish school and such.

This was summer now and I could rest from that quarter. He meant well, and he wanted to place me with the Torres family, a nice, good family, everyone said, and they were, too, but I wanted to be on my own that summer; again.

One morning, just like that, I packed up and decided, once and for all time that summer, to go to Don Celso Villalón's ranch. A goat herd for the summer. And who did I see crossing the street but my uncle-in-law, Juan Briones, on an ice delivery:

"Hullo, boy; dirty laundry?"

Grin. "No sir. I'm off to Don Celso's ranch. Could you let Aunt Chedes know of my whereabouts?"

He reached into his pants' watch fob and handed me a dollar bill and a quarter to go with it. "Off to Relámpago, is it?"

"No, not really; to the ranch. Tell her I'm doing all right . . . and how's Vicky? The kids?"

A shake of the head and a smile. "Up to no good, I imagine."

We shook hands and then he chipped off a piece of ice.

"Here, Jehu."

"You take care, Unc."

He waved and then took on a 100-lb. block and held it as if holding a lunch bag.

A BIT OF THIS, A PITCH OF THAT

Now, since Klail City is like most of the world, fairly conserv-
ative, one will find that it has kept part of the original city park and
that it has moved the kiosk a bit off center since the city's incor-
poration years ago. The park had been there before the Klails
came, of course; it'd been laid out by the original colonials. The
land had been set aside as a park under the provision of the *munici-
pio* when the land was in Mexican hands (pre-1845), and then
when the Texans and other Anglos came on down to the Valley in
force, they thought it would be a good idea to leave the park right
where it was. And they did, for a while.

The park, with four wrought-iron gates (NSEW), lies close to
the railroad depot. The trains run once in a while and when they
do, it's to ship out the agricultural products grown in the region.
The Texas Anglos don't enjoy the park much, and not at all at
night. The Texas Mexicans do, day and night; a matter of choice
and culture.

The park also serves as a regular meeting place for political
speeches, of all things. The politicians take advantage of the ready-
made audience there, and it was there, years ago, and in another
life, that Rafe Buenrostro, Young Murillo and I went to see and
hear Big Foot Parkinson who was running again for reelection as
sheriff of Belken County.

At the barbershop owned by Chago Solís and Chago Negrete,
it was said that Big Foot could barely read, let alone write his own
name; that he was duller than the average mother-in-law; that the
Cookes, the Blanchards and the Klails ran him like a setter; that the
meat of the political barbecues was as rotten as they all were; that
being dumb would've helped him were it not for the fact that he
was stupid; that he'd turn every which way first chance he got, and
on and on. Like that.

Polín Tapia (poet, painter and petty politician) also worked as a
coyote at the court house, and he'd work and milk whatever victim
got in his way. What Young Murillo, many years later, called an

Affirmative Action Crook. As time went on (a useful phrase), Polín bought himself a portable Underwood, and he'd use it to write political speeches in Spanish for the Texas Anglo candidates. The Texas Mexicans would listen to any damfool who'd read something off in Spanish and right off they'd claim that Mister So-and-So spoke Spanish, was raised with the mexicanos de Texas and that he knew the mexicanos, and loved them, understood them *and* etc.

Big Foot had hired Polín Tapia ad hoc for the primaries; Big Foot usually talked only at barbecues (where people eat, drink and seldom hear or listen) and now with Polín in the van, Big Foot was making his debut at the Klail City Park, *el parque.* (It must be said that Polín helped but did not actually write B.F.'s speeches at this time.) Polín, his words, was an adviser, a counsel. As he told any and everyone at the barbershop: "I reminded him that he was to mention the fact that he was married to a Texana, to a Mexico-Texana."

"Yes, Polín, but at that last barbecue he went balls up, and no one knew what the *hell* he was talking about."

"Did you actually write that talk for him, Polín?"

"No! I'm telling you . . . I acted solely in an advisory capacity." In Spanish: Actué solamente en una capacidad consejal.

"Good for you. But what a client, Polín!"

Polín shrugged.

"But, it's like I always say, Polín, God made everything in eight days, but the Anglos got the patents."

"Bull's eye."

"Let's hear it for ol' Big Foot."

"Oh, but didn't he go and stick his foot in his mouth last Sunday; he, ah . . . "

"And what did the Anglos say when they heard him out there?"

"What they always say: Them *mexicanos* over there . . . "

"No, no; what'd they say about Foot?"

"Oh, that . . . well, what they always say: that Big Foot's dog is smarter than he is . . . "

The talking and the slamming went on for a long time and was stopped only when the Chagos told the hangers-on that they'd be closing the shop early because of the doings at the park: Big Foot was making his first speech there, and they were not about to miss *that.*

"Sure," someone spoke up. "Now that Polín is his main source of advice, why, Big Foot's going to show us a thing or two."

"You're wrong there; Foot's a lost cause, I tell you. I mean, penicillin's a wonder drug and all that, but it can't cure *everything.*"

"Okay, boys, gotta batten down the hatches here. Jehu, get the broom, and as soon as you're through, turn off the lights, and don't forget to latch the side door. Just hang the keys on the nail; you know where."

"That's right, Jehu, take care a-that nail, we've got Belken County's only candidate for sheriff in Klail tonight."

"Damn tootin' we do!"

"Hooo, some candidate, eh?"

They finally cut the chatter and I grabbed the push broom; the shop was a two-chair affair, and I began by picking up the *Klail City Enterprise News* and out of the blue I thought of Don Celso Villalón and his goat ranch. The itch to move again. I squeezed the shaving towels, rinsed the shaving mugs and in came my cousin, Rafe Buenrostro.

"I'm just about through here; what's up?"

"How does a snowcone sound to you?"

"Sounds good to me . . . hey, there's Young Murillo . . . want me to call him, Rafe?"

But Murillo spotted us at the same time and motioned he'd wait for us there, across the street, and then the three of us made for the park.

"Just saw Maggie Farías, Jehu." Young Murillo; bland.

"She alone?"

"Nah; she's got that little brother-a hers . . . "

"Hnh."

I thought on Maggie a while and then on Don Celso again. As I did so, I turned to Rafe:

"I've been thinking of going over to Don Celso Villalón's ranch, Rafe. Leave Klail for the rest of the summer; what do you think?"

"You can always stay with us, you know. You're family."

"Yea . . . I don't know."

"Hey, you two come on, let's go see the crowd. I'm pretty sure I saw Maggie Farías over there."

Rafe. "Maybe Fani's with her." Smile.

The royal palms circling the KC park cast long shadows on the politicians' platform; the six-piece band was on its third number and after that they'd quit to make way for the talk. The neighborhood kids hollered and the families enjoyed the visit and threw an occasional glance at the platform. The wives and mothers kept an eye on their daughters.

After the politicians were introduced to the crowd, but before any speeches, the musicians would come on again and the barbecue would be served. Since the poll taxes were bought and paid for, it was a matter of form. Nothing new, then.

We must have been thirteen or fourteen years old at the time; World War II was on, and we looked at our upcoming Freshman year at Klail High as an armed camp; the school was on the Anglo side of town, and one never knew times were changing because of the war according to the older people—reassuring themselves, most likely— but if so, why was Big Foot Parkinson the perennial candidate?

The band put away its instruments again and lined up with the barbecue crowd as everyone waited for Big Foot to appear. He spoke last and always when the people were good and fed. An hour later, he drove up, Polín Tapia right behind him, and looked for a place to spit; finding none, Big Foot drew out his handkerchief and pretended to cough. He waved away the microphone someone handed to him and there he stood: beaming and wearing a wide, shit-eating grin all over him.

"Migos meos . . . Mah friends . . . first woman I ever marry was a Meskin girl from Bascom and then she went and died on me . . . "

Applause.

Measuring the crowd, grin in place. "I married again—a second time, see?—and again I married a Meskin girl from Bascom, but she too passed on; died, don't you know."

Applause.

"Well, I married for a third time, a Klail City girl this time, and Meskin a-course . . . and then *she* died."

Here and there voices of dissent would be heard, but barely: "You're feedin' 'em shit, you red-neck!"

"They died on purpose, Asshole!"

"Yeah; it's that breath-a yours!"

Now, the Mexicans who'd been bought and paid for would applaud on cue; some'd even try to shush the hecklers to show that at least *they* were educated; decent folk, see?

But Big Foot grinned all the same; it was in the bag. A general round of applause finished it up and the barbecue and beer were served again. Me, I went to say goodbye to Maggie Farías; she'd stood me up the night before, and dumb as I was, and too given the time and the age, I was hurt and sore. One of those things.

But I decided that night to go out to Don Celso Villalón's goat ranch to work the rest of that summer and left early the next morning. I went up to my Uncle Andy's place, said goodbye, and then I crossed the street and walked to the Chago's barbershop the same morning and packed up.

I did see Rafe Buenrostro at Klail High the following September and the following year, too, when his father was murdered. Rafe's brothers, Israel and Aaron stayed at Don Celso's ranch for a while until their uncle, Don Julián, returned from Mexico.

Don Julián had crossed the River seeking to avenge his brother's death and did so. I heard him tell about it, but there wasn't any drama to it at all. A straight telling of revenge, and my uncle Julián didn't give, or seem to give, importance to it; just something that needed to be done is how he put it.

As for Big Foot, well, he won his reelection as sheriff for Belken County as usual. No opposition whatsoever, and the people ate more barbecue and drank more beer to celebrate the victory.

COMING HOME I

It should come as no surprise that Belken County's largest, best known and certainly most profitable whorehouse is to be found in Flora. Flora people have convinced themselves that they invented sliced bread, this goes for Texas Mexicans and Texas Anglos alike. For their part, the Flora Mexicans have also come to think of themselves as an integral part of the Flora economic establishment. No such thing, of course; at best, they've stopped resisting, have become acculturated and, delusion of delusions, have assimilated. All this up to a point, of course, but still, they're an energetic folk and hell to deal and live with.

Flora is also the newest of the Valley towns, sprang up during that war the Anglos had between themselves in the 1860s; truth to tell, though, Texas Mexicans fought on both sides of that one. So, Flora was born yesterday and thus not as old as Relámpago or Jonesville or Klail, Klail City's real name is Llano Grande, the name of the grant. (General Rufus T. Klail came down here, took over the name and then thought he'd swept away the traditions with the change. And so it goes . . .)

Anyway, the Texas Anglo and Texas Mexican citizenry of Flora are identical in many ways: noisy, trust God and give Him credit on Sundays, and believe in cash on the barrelhead from sunup to sundown. They also believe in other important things. Leap years, for one. To their credit, Flora is unlike the other Valley towns in other respects and thus so are the mexicanos who live and die there.

As for whorehouses, this is a lamentably recognized universality, but the Flora-ites claim it as a native invention. Just like that: judgment without explanation. To compensate, perhaps, the town of Flora also boasts of more churches per capita than any other Valley town. See? Admittedly, there is a cure for hiccups (water, air, a good scare); for polio (Drs. Salk and Sabin); but there's nothing you can do about stupidity. Takes more than a pill or a shot for that one. But the Flora-ites don't know this, and if they do, they choose to ignore it. Secure, then, in their ways.

Don Manuel Guzmán, Klail's lone mexicano cop, was rolling himself a flake tobacco cigarette as he sat with some of the *viejitos*—the old men; men his age, then. He'd risen from the sidewalk bench, walked to the curb to stand under the corner lamplight. He spit-sealed his roll, lit it and looked at his pocket watch. ten after twelve; a warm, foggy, December night, when out of the fog and walking straight at him, there came a woman, gun in hand.

Why, it was Julie, a young black whore from Flora. "Mist Manyul . . . c'n I talk to you?" And then: "Mist Manyul, I done shot Sonny . . . shot 'n killed him, Mist Manyul."

Don Manuel nodded, listened some more, and handed her his cigarette. She stared at it as if she'd never seen one before in her life. Don Manuel opened the front car door, and she slipped in and waited for him as he walked over to see the *viejitos* (Leal, Echevarría, and Genaro Castañeda), those old, well-known friends of the former revolutionary.

"What is it? You leaving now?"

"Got to." Pointing with his chin: "I'll see you here in about an hour or so; and if not here, I'll just drive on to Dirty Luke's."

"What'd she do?"

"She says she shot her husband . . . at María Lara's house . . . in Flora."

"She works there, does she?"

"Aha . . . but she lives here, in Klail. I got them a room at the Flats."

"Hmmm. What happened out in Flora this time?"

"You think the pimp held out on her?"

Don Manuel, slowly. "It's possible; I didn't ask her much, and it's probably best to leave her alone for a while."

"I think you're right there, Don Manuel."

Old man Leal: "*I* know who she is. Her man works for Missouri Pacific; a switchman, right? Sonny . . . yeah, he plays semi-pro ball for the Flora White Sox . . . Yeah."

Echevarría: "Now don't tell me he didn't know about his wife workin' over to Flora?"

Don Manuel: "Oh, he knew all right. They've been married five-six years, I'd say."

Castañeda: "Married." Bland.

Leal: "Do black folks marry? Really?" Curious.

Echevarría: "Yeah, I think they do, once in a while." Not sure.

Castañeda: "Man was probably drinking." Abruptly.

Leal: "Why not?" A hunch of the shoulders.

Echevarría: "Yeah, why not?" Resignation.

Castañeda: "Did, ah, did Sonny pull a knife on her?"

Don Manuel: "Yes; that's what she says."

Leal: "How'd she get over *here* from Flora, anyway?" Admiration.

Don Manuel: "Took a bus, she says."

Echevarría: "A bus? There's a lot-a guts in them ovaries, yessir."

Don Manuel: "I'm taking her to jail, I'll go ahead and drive her on over to Flora tomorrow sometime. She killed her man and they're probably looking for her about now. I think it's best she be alone for a while; cry herself to sleep, think about what she's done; sort things out, you know. But, she needs to be left alone for now; she'll have enough to do tomorrow with that Flora crowd, poor thing . . . Look, I'll see you all here or over to Dirty's."

With this, Don Manuel got into his car—his, not the city's which didn't provide him with one, anyway—and then drove Julie Wilson to the Klail City workhouse.

"We goin' to jail, Mist Manyul?"

"Yes."

"I din mean to do it, Mist Manyul. I din mean to kill Son . . . you know that, Mist Manyul? But I kill him . . . Oh, I shot that man . . . I say, Son, don't you do it . . . I say, you back off now, you hear? But he din back off none. . . . He din 'n I shot him got him in the chest I did 'n he plop down on the bed there . . . I kill Son, Mist Manyul, an' you know that no one come to the room when I shot him? . . . Oh, I shot him and killed him, Mist Manyul . . . He was drunk . . . all out drunk Sonny was and then Ijustupandshothim . . . You taking me to Flora jail, Mist Manyul?"

"Takin' you to Klail City jail, Julie."

"Oh, thank you, Mist Manyul. I don't want to go to no Flora jail tonight, no I don' . . . You takin' me there tomorrow? That it, Mist Manyul?"

"Yes . . . tomorrow . . . one of my sons will bring you hot coffee tomorrow morning and then I'll take you to Flora."

"Thank you, Mist Manyul . . . I won't cry no more . . . I up 'n shot that man and he dead and he deserve it . . . he say he gonna cut me an' I say you back off, Sonny, back off . . . don' come over to here, Sonny, but he did and then I did . . . Mist Manyul, can I go to the bathroom now?"

"There's a bowl in the room."

"Oh, thank you, Mist Manyul."

Don Manuel Guzmán drove out to the corner of Hidalgo Street and since his old friends weren't anywhere to be seen, he did a U-turn in the middle of the deserted main street and headed for Dirty Luke's. Beer time was over and now it was time for the coffee crowd to take over. The *viejitos*'d be there, waiting for him and then he'd take them home, as always.

Tomorrow, early, *mañana muy de mañana,* after bringing Julie a pot of coffee, he'd drive to Flora; first though, he'd stop at María Lara's place and get some firsthand news.

He and María Lara had known each other for over forty years, and although there'd been an arrangement between them when both were in their twenties and healthy and vibrant and ready-to-go, their long friendship and a shared place of provenance (the Buenrostro family's Campacuás Ranch) was what kept them in close contact. He thought of this old ranch house and its Texas

Ranger-burned-down-to-its-ashes church . . . The ashes were still there, fifty years later. The man shook his head slightly.

But now, headed for Dirty Luke's, he parked any old way and walked into the place; he sat and waited for Rafe Buenrostro to bring him his cup of coffee.

"Boy, turn the volume down; you're going to have the neighbors down on you."

"Yessir."

Coffee over, Don Manuel says: "Going back to Hidalgo and First; when y'all get ready to go home, let me know."

The oldsters thank him, as always, and Don Manuel leaves the car in front of Dirty's; he's going for a walk, and he'll eventually wind up on Hidalgo Street in Klail City; a town like any other in Belken County in Texas' Lower Río Grande Valley.

COMING HOME II

Easiest thing in the world. Once you've crossed your first river, the rest come easier. Women tell me it's the same thing with husbands: bury the first and so on.

Viola Barragán is one of the chosen; she's crossed rivers, seas, gulfs, oceans, as the saying goes. And, she's buried more than two husbands.

Here we go. Viola Barragán's first husband was the Resident Alien Agustín Peñalosa, a surgeon certified by Mexico City's own Autonomous University, and a northener by birth. A *norteño* from Agualeguas, Nuevo León, he was a resident of Klail City when he died at the hands of an apprentice pharmacist right here in Klail.

It happened that some hysterical biddy (sic Viola) had died while under the care of Dr. Peñalosa, and the husband (widower, really) stated, claimed and maintained that Dr. P was to blame; pure and simple, he said, as if things usually turn out p. and s.

Still, the woman *had* died and Dr. Agustín Peñalosa of the Autonomous had been there when Helisa (note the H.) Lara de los Santos joined the other side. (The truth über alles: people who knew her said it was no great loss. A terrible thing to say, but one can always rely on people to say something.)

Now, when Severo de los Santos (the husb.) came calling, the former military surgeon said that the prescription he recommended was the proper one; and he was sniffy about it, too. He then went on to say that the death (which also grieved him, he said) may have been due to something else, and that Señor de los Santos could have his word on *that*.

Señor de los Santos rolled his eyes and was about to rebut when Dr. Peñalosa opened up (figuratively) with some small arms fire. He, sir, was a surgeon, licensed and certified. Futhermore, his professional competence was as unquestioned as was his scientific learning, and thus he *could* and *would* swear that the prescription— that prescription—was the proper one. Take that!

The widower mumbled what sounded like sure, sure, but that aside, he then yelled out: But Helisa's as dead as a rotten tooth, and there's no getting her out-a the ground, is there?

Well, things had to come to a head and so Dr. Agustín Peñalosa took Severo de los Santos by the elbow and led him to the pharmacy. The doctor requested an identical prescription, and he wanted it done then and there, in front of the widower and a growing crowd of those not-so-innocent-bystanders who can smell trouble for miles around.

The young apprentice read the prescription, nodded and began to mix this with that and with that over there, etc. Serious as hell, of course, after all there was an audience and audiences like for the performers to be serious about their business.

Another nod from the apprentice and with a "Here you are, sir," he placed the small bottle in the doctor's hand and then began returning the bigger bottles to their resp. shelves as he worked on other prescriptions.

Dr. Peñalosa held up the vial for de los Santos' view, de los Santos nodded, and the doctor, smiling, gulped it down. There! The former military surgeon shrugged his shoulders, turned toward the door and then dropped like a stone (broke his glasses and everything) right there on the terrazo floor.

Deader'n goat shit, someone whispered. Man had kicked the bucket and a bystander, and there he was: laid out.

The smile turned into a sneer and his eyes, popped open as they were, began taking a slow, evil look about them. Dead.

"See? What'd I tell you? Well? Just like my Helisa. See?"

The onlookers came in a rush, but not too damn close since death is contagious, as we say. And then, some public spirit said. "The wife . . . ah . . . widow. Somebody go run and tell her."

Note: No one bothered or blamed the apprentice pharmacist, Orfalindo Buitureyra, son-in-law of Marco Antonio Sendejo, owner and sole prop. of The Future Pharmacy. No need to look for fault, either: the doctor's own mistake, said the witnesses. The result was the same in both cases, and when push does come to shove, one can always settle for a tie.

It turned out that Viola Barragán was out of pocket, so to speak. She was out to Ruffing, visiting her parents: Don Telésforo Barragán and his bargain of a wife, Doña Felícitas Surís de Barragán, alias Al Capone. Somebody, and it must have been The Voice of Klail City, Gabino Aguilar, drove on out to Ruffing with the news.

The first river Viola Barragán crossed was that old, tired meanderer, the Río Grande. A child in her father's arms she was; Telésforo had said, "The hell with it" during one of the stages of the Mexican Revolution and jumping the Río, family in tow, landed in Klail City where they settled down.

Later on, Viola crossed other rivers, seas, etc. in the company of husband number two:

Karl-Heinz Schuler, an attaché to the German Consulate in Tampico, and who then was appointed first secretary to the Reichminister posted to India.

Brief detour and explanation: Between that shocker at the pharmacy and her marriage to the sainted Karl-Heinz, Viola hooked up (an expression) with Don Javier Leguizamón, a more than middle-aged merchant, contrabandista and Texas Anglo vote-getter, buyer and counter.

All of this is true, of course. The Leguizamón *familia* has a piebald history and as interesting as Hell itself must be, but this is not the time to tell it.

L'affairé Barragán-Leguizamón lasted about a year, give or take, or, up to the time Viola was jettisoned in favor of that green-eyed flash, Gela Maldonado who's stopped a heart or two . . . You must understand that Viola wasn't what we call a mudpie, but she *was* nineteen, and Gela, ah, Gela! she was ten years older, and as fine a piece of non-rustable iron as has ever been made.

As time went on, Viola got to be as firm as Gela, but she had been in need of seasoning and a bit of honing here and there; that was all.

On the economic side, the widowed Viola wasn't the richest woman in Belken County, but she wasn't standing out in the cold on some bread line or other. And, *she* wasn't about to be chased for some eight hours every day behind some counter or other; no sir. What she did do was to look around and one day (for no recorded reason), she crossed the Mo-Pac railroad tracks which cleave Klail City in two parts (Anglo Klail from Mexican Klail) and from there, directly to the Belken Bus Line station. She bought herself a round-tripper to Jonesville-on-the-Río. (She had the time and the money but no idea why she had decided to make the trip.) What happened that day is verifiable history: she and the German careerist from Ulm met up on the bus, sat together, talked, boarded off and grabbed another bus back to Klail on the spot.

The Bavarian asked for Viola's hand that very day; the Barragáns stared at that apricot-colored face and nodded their assent, right there and right then. It was all very stiff and formal, and the Barragáns just loved it. Soon after, Karl-Heinz took Viola to Tampico and due to his own talents, Herr Schuler was promoted to first sec. to the Minister, as said.

Talk about happy endings! But, there are those infernal *buts* to deal with. In this case, the *but* was World War II. There's no need to reprise that September 1 all over again, so, en bréve, here's what happened to these two: the Schulers were first interned at an English concentration camp on the outskirts of Calcutta, right after the heat of the season, some bureaucrat decided to transfer three hundred German and Italian consulate and etc. personnel to the homeland of the original concentration camps: South Africa, and there went this Texas Mexican girl up the gangplank on her way to Pretoria.

It must be said that Karl-Heinz was a bulwark. Loyal, faithful and patiently waiting of the war to come to an end, which it did. He'd been thinking, too. Viola got the news of the Japanese surrender and hung on to her man who remained as calm and placid as a bog. After their release, finally, Herr unt Frau Schuler boated back to the Fatherland.

A longish period of suffering and deprivation followed until the German bureaucracy straightened itself and the occupying forces as well. And, asked Karl-Heinz, what are friends for? The man did have connections, after all, and decided that his future lay with Volkswagen Werke, and that was it. The man was right; and by 1950, he was running the dealership in Pretoria. And, oh, was there money to be made in those days . . . Ho! It rained down on 'em.

And then, with success having moved into the guest bedroom, as it were, Karl-Heinz Schuler died of a massive myocardial infarct. Bad, of course, but the family money was untouched by the doctors and hospitals. A blessing from the gloom. And there she was, this Texas Mexican girl, back in Ulm, in a solid brick house and garden living just six blocks from Mannfred Rommel (son and heir of the Feldmarschall) and tending to the elderly Schulers who loved this tall, short-haired, spirited widow who'd married their only son. In their opinion, he'd made a splendid choice for a partner.

Time passed and some years later, the elderly Schulers, in their eighties now, passed on, one right after the other and again Viola took charge: two magnificent coffins, four dark horses clopping auf dem Friedhof, in this case, the Catholic one in Ulm. And she remained there for another three years until she decided to return home, to Texas, our Texas. But it was a different Viola, close to forty, and monied: she had her husband's insurance, retirement from the Bonn government, the sale of the house, her own solid stock from VW and money from Wilhelm and Heidi Schuler who left it all to Viola, as they should have. More importantly, Viola also had with her a fine sense and nose for business.

Rich but lonely, so, it was back to Belken County for Viola Barragán. Yes, a different Viola, one who had traveled, and seen, and learned, and profited, too. Aside from that trifling affair with Pius V. Reyes at the Holiday Inn, which is another story for another time, Viola married another piece of money: Harmon Gillette. (Rafe Buenrostro and I worked at his print shop during our university summers. Years later, I landed my first solid job at Klail City Savings and Loan upon her recommendation. But that, too, is another story.)

COMING HOME III

Damián Lucero (ecce home) makes his living burying the dead and their secret sins.

He has practiced his craft (his own words) in various Valley towns: Relámpago, Flora, Klail City, Ruffing, Edgerton, et alii. This is his third time around for the Texas Mexican cemetery in Bascom. Indeed, counting the Texas Anglo cemetery in Jonesville, Damián Lucero has buried hundreds—thousands—of his fellow Texas Mexicans in Belken County. Sad to say and truth to tell, Lucero has buried friends as well, but he's a pro and carries on like a trouper.

He was born in Relámpago, not too far from the western edge of the El Carmen Ranch; that is, the Buenrostro lands.

"We know that."

Por favor! Lucero, by the way, is his mother's name. The putative . . .

"Putative? Hey!"

. . . the putative father drowned on a lovely autumn dawn as he tried his best to get a tractor, a heavy-duty John Deere, (They're Reliable!) across the Río Grande. One of those fast swirling eddys, sure; that old Río's full of them.

As said, Lucero grew up in Relámpago, and he didn't budge till he was twenty-one years old or so; got into the shoveling business by luck or chance, one. (It was also the first thing that turned up by way of work.) After the first half-dozen burials, there was nothing to it. A fast learner, then. He bought himself the necessary tools and he also learned to put on a sad, serious face. As for the rest (drive, ambition, muscle and a will that could bore through limestone), that part is genetic; born with it, see?

"We know what genetic means, Jehu."

And I'll tell you this, too: he's the one who buried Alejandro Leguizamón; that's right. Remember when they buried him; remember where he died? Where he was found? Right on Sacred Heart Church property? Well, there he was, and he had one of those heavy tire irons for a hat. Damn thing went right through his skull, bone and everything. Well, old Alejandro, he was taken to the Texas Anglo mortuary home in Klail, but he was buried in the Mexican cemetery in Klail, the new one. Alejandro never knew this, did he? A closed affair it was 'cause, try as they might, no mortician alive could remove that God-given sneer a-his. Man was born that way, like he was always smelling bad air.

"You mean *farts,* don't you?"

I mean *bad air* and we'll let it go at that. Anyways, that was some funeral, wasn't it? I mean, thousands of people showed up for that one and *everybody* brought flowers. Seemed like an insult, all those flowers, and probably meant that way, too . . . At any rate, Alejandro Leguizamón left a lot of friends and enemies in Belken County; a lot of both.

Lucero says that over to Jonesville, at the Texas Anglo cemetery, they paid him by the week not by the customer. Regular, then; not much more than anywhere else, you understand, but it was by *check.* Yeah. A check has more *vista,* huh?, more importance than real money, sometimes, yeah . . . Now, as far as Jonesville is concerned again, Lucero says that one grave digging and funeral stands out; tops. Turned out to be that Chief-a-Police's woman; no, not his wife, you understand. *La Colorada,* the redhead. She was a big old thing. Blew into Jonesville from somewhere Up North; Houston, maybe . . . Blew in and baited, hooked and landed old Popeye Dieckemann faster 'n you can say Hernán Cortés— provided you *can* say Hernán Cortés.

Big funeral . . . she's the one who crashed into one of those girders at the International Bridge, on the American side; man, she burst like a pink grapefruit. Oooh!

Lucero says that Texas Anglo cemeteries are *escuetos*—bereft of adornment.

"Bereft? Say . . . "

Okay, okay, okay. Anyway, few flowers at those cemeteries; no crosses to speak of, and they go ahead and manicure—look here, that's what Lucero says—they go ahead and manicure the lawns; yeah. And how do they know who's buried where? Well, for that there's a little marker flush with the ground: name, date of birth, year of death, and—once in a while—a Beloved Son or a Beloved Father, but that's about it. Bereft.

Well, one time, out to Edgerton I think it was, a man came up to him saying he had a special request: he had a lodge brother Woodman of the World to bury, but he wanted him standing up.

"And you'd like him straight up, that it?"

"On his two feet, yessir."

"And you want the hole to be a round one . . . like for a barbecue, right?"

"Aha! Only deeper, of course."

"Rounder . . . and deeper. Okay. And your lodge brother? Was he a tall one?"

"Well, no, not too much . . . kind-a short like."

"Short. Like me?"

"Well, no again; not that short. Somewhere between you and me, let's say."

"Aha . . . Well, where is he now?"

"We put him over to the Vega Brothers."

"And he's all fixed up 'n everything; ready to go? I mean, he's been *prepped*, has he?"

"Oh, yeah, I think so . . . And, ah, this is okay with you, right? I mean . . . it's no inconvenience, the burying straight up?"

"No sir; not at all. I'll do the digging, and . . . excuse me, is there going to be a lot of people here?"

"No; it's a kind of closed funeral, if you know what I mean; me, my two brothers, a cousin or two, some close friends, a few lodgemen . . . Small. Why do you ask?"

"It's the ah . . . the originality of it, see? I mean, some people are just naturally curious, ye-know."

"I wouldn't worry about it. Think you can have the hole ready by this afternoon . . . six o'clock?"

"On the dot. Was, ah, your lodge brother, was he the chunky type?"

"No. Regular, if anything."

"Regular. Thank you, I'll have the cross, and . . . "

"No. No cross. Nothing of the sort . . . we're planning to bring him something ourselves, later on."

"O—kay . . . how's about an arrow, like a marker?"

"Yeah, that'll do it."

Well, that dead party looking out to the world was a man named Fidencio Anciso, and it was his idea to be buried that way . . .

"Aw, go on, Jehu . . . I find that one kind-a thick to swallow without any water to go with it."

It's the truth, though. I tell you who else he buried: Pius V Reyes.

"Yeah! He's the one they found in the Holiday Inn isn't that right?"

"Oh, yeah . . . I remember now. Old Sure-shot."

"Sure-shot? Why?"

"'Cause he was a stud, that's why . . . see a woman, make a beeline and there he went. Never missed."

"He must've missed now and then; he and his wife never had any kids."

"And what's that got to do with anything? That was their affair. He made out like a banker, really."

"You wouldn't know it to look at him."

"I'll say."

"Well, *I* find it hard to believe. You, Jehu?"

Pius V was buried over to Bascom . . . the Mexican Protestant Cemetery. Presbyterians, they were.

"Jehu's right. It rained that day, too."

"I remember . . . and a norther blew in."

"They related, Jehu?"

Who?

"Why, Pius V and the gravedigger?"

No; not as far as I know. Why?

"And who was it they buried standing up, Jehu?"

A man named Anciso . . . Fidencio Anciso from Carrizal
Ranch.
"And why standing up? Of all things . . . "
"In Belken? Anything is possible in Belken. Shoot."
Well, he may have been from Flora for all I know.
"Now you're talking; talk about crazies . . . "
"Speaking of the devil . . . "
"What? Where?"
Like Leal says, speaking of the devil: there's Lucero himself.
(Sure enough, the gravedigger is walking up Klail Avenue; a
slow walk, measured kind-a, a bit stiff, turns his head, spots the
group, moves his head in greeting and now crosses the street to say
hello.)

"Afternoon, Jehu."
Afternoon.
"How's it going?"
"What's up?"
"Working hard?"
"Oh, so, so. ¿Qué pasa aquí?"
"Just talking."
"Yeah? What about?"
"Oh, this and that . . . Jehu here told us about a guy you buried
standing up one time."
"Well, I sure did . . . one-a the Ancisos. Yeah."
"That's what Jehu said. But why standing up?"
"Well, that's what Anciso himself wanted . . . "
"*Some* people . . . "
"But, ah, how did you all place the floral arrangements with-
out a cross to hang 'em on? I mean, those rounded ones with the
ribbons and all."
"There were a few a-those, all right, but we sort of stacked
them up, one-a top-a the other . . . It looked kind-a strange to
me . . . I'll tell you this, I was afraid people'd start making all kinds

of requests after that one, but it didn't turn out that way a-tall. People are more traditional than you think. Up to now, he's the only one. A-course, I did charge 'em more."

"Oh?"

"Well, the digging took a bit of doing, see?"

"And the covering?"

"Naw, that wasn't too bad; just took some extra tamping down for that. Tell you this too, though, some of the people there heard the slumping and bumping. Right, Jehu?"

Laugh.

"What does he mean, Jehu?"

He's right. We had to go from North to South, right? Straight up. You know, on end? Well, it turned out that the Vega brothers didn't strap him down, so when the coffin was placed up, old Fidencio Anciso slumped. Coffin was made of wood, so we heard him.

"Is that *true?*"

"Like Jehu just said . . . anyway, we just lowered him into that hole, and we commenced to cover him up right smart. Jehu here was an acolyte, and they *all* heard the body shift, see? Nobody laughed, although they sure were looking at each other. Good thing nobody laughed; laughing would-a ruined it. Well, sir, covering him was easier, like I said . . . oh, a bit of rounding off, but pretty level, considering."

This Anciso was called Bald-pate; Bald-knob. Knobby something like that. Wore a wig, see?

Lucero: "Yes, he did. A hair piece. A toupee."

"And you-all buried him, hair piece and all?"

"Yep; it was stuck there."

"*Some* people!"

"Yeah. Hair piece and all. A bit of a problem, though. The damn thing kept slipping off, the Vegas said, but they fixed that, all right: took a itty-bitty tack and a peen hammer, and plink, stayed on, after that."

"Jay-sys! Why'n't ye-use a paste or something?"

"All there was, you got to make do sometimes . . . improvise."

Other deaths and burials, and the people were the same: friends, relations, neighbors. As for Lucero, he says one orifice is the same as any other: the one which gives life or the one which cuts it off.

Lucero doesn't stop to ponder metaphysical questions, if the one just posed is metaphysical, it could be existential for all Sartre and I know. The point is that Lucero doesn't look into the how or the why of it all; he has his eyes on the whom and the where. Less problems that way, he says.

Damián Lucero, like the rest of us, seldom thinks about his own burial. It could be, it just *could* be, that he too would like to be buried standing up. Why not?

COMING HOME IV

Today, a nice, hot, cloudless summer day and no different from any other for this time of year in Belken County, the Klail City mexicano neighborhood came to pay its last respects (a manner of speaking) to Don Epigmenio Salazar; Father Efraín led the procession on its walk to the mexicano cemetery in Bascom.

Epigmenio, in life, had been a loyal consort (acc. to his lights), a stalwart paterfamilias (to Yolanda, m. to Arturo Leyva, a bookkeeper), and a straight, upright *hombre de bien*. This, according to that bookkeeping son-in-law of his, would be an entry on the Asset side of the ledger; the barbers, however, when it came to the upright, straight, etc., part, said that this too was a manner of speaking since the man's king-sized hernia forbade erectness. The hernia was a lifesaver. Don Epigmenio stopped working for a living on the day following his marriage to Doña Candelaria Murguía de Salazar aka La Turca.

Epi was a bit of a shit (my cousin Jehu, here) who smooched drinks and cigarettes; he also stretched the truth here and there.

On balance, then, this falls on the left side, the Debit side of the ledger.

Years ago, in the important field of Geopolitik, he sided with the Axis Powers; a great admirer of the Herrenvolk, esp. in '40-42 when the Allies were getting shut out; he put his money where his mouth was, though, so to speak. His faith in the B.R.T. Axis was such that when the time came for his grandchild's baptism, Epigmenio was in a quandary. What to do? What to name the child? Kesselring? Rommel?

Don Efraín, the priest, brought him up short: "What? Those heretics?"

"Strategists, Don Efraín; not heretics."

"Stay out of this, Epigmenio. Well, Arturo? Yolanda?"

Epigmenio, again, and for a last try: "How about Adolf?"

"Like the Führer?"

"Yes, exactly."

"Dear God! Come on, you two, what name have you come up with?"

"Arturo Junior, like his Dad."

"That's better; Epigmenio, you hush."

And Epigmenio hushed, but not forever: instead, he got even. From that day on he called his grandson Rommel, flat out. The kid, no dummy, answered to Rommel as he grew up.

"Rommel, here's a dime; go get me a copy of *La Prensa*, and get yourself an ice cream cone or something."

"Rommel, my boy, have you heard the one about the deaf priest and the parrot?"

"Rommel, you keep that up, and there'll be no movies for a week."

Arturo Jr. sized up the character he had for a grandfather, but, in the end, they wound up close friends. Another fact: his friends at school also called him Rommel later on. The truth is that he didn't look like the Feldmarschall at all, the truth also is that his friends had no idea who Rommel was, if indeed, he had been somebody.

There was no beating Don Epigmenio at being the first with the news. It was he, and no one else, who solved the riddle as to the sudden disappearance of the girl clerk at the pharmacy, a mystery which had baffled and preoccupied some of the soundest minds in Klail City. She had left on the bus and on her own, too. Pure and simp.

Oh, the cook at the Phoenix Cafe had tried a bit o' this and a bit o' honey, but she wasn't having any. Marriage or nothing, she'd said, and then she'd bought that Greyhound ticket for Chicago. Of all places. (The Klail Citians had said otherwise: pregnant, for sure; not a virgin, so *who* wants her? No, she's frigid, that's what's the matter. Etc.)

All wrong, of course; she had gone to Chicago. Had a sister who got her a job, and that was it.

Epigmenio said he'd been the first to remove whatever stain had fallen on her. Some kind souls reminded him that he'd placed the stain there in the first place.

Oh, that?

"Well, upon gathering all the facts and data (he said) I did what any general would do: I reviewed the situation, covered my flanks and increased my patrols, that's all."

Clear-eyed and clear-speaking neighbors is something we have in Klail City and some were forward enough to say that Epigmenio sucked wind up his ass. Plain-speaking neighbors are liable to speak that way, by the way.

The four stalwart Garrido brothers were charged with lowering Epigmenio and his casket, and the brothers did it as they've done it for so many times: with an air of studied indifference, as it were.

Doña Candelaria Murguía de Salazar stopped them at the midway point: "Hold on to the ropes, boys." She gathered two scoops of the freshly turned loam: "Epigmenio, you drone, it's a beautiful day, cloudless, hot and not a hope of rain. It's June, Epi, and now your friends and I are here to see you off; what more could you possibly hope for?"

Doña Candelaria turned to the oldest of the Garridos.

"Cayetano, I'll start him on his way," and she let the hot dirt slide from her hands. "You be damned sure he's covered well, you hear? Adiós, Epigmenio."

But it was all show. Inside, in that flinty heart of hers, the widow Candelaria missed her husband. My Drone, and no one else's, she'd say.

COMING HOME V

Don Orfalindo Buitureyra

is a quadrilateral lump of Valley loam and shit. Buitureyra is also a pharmacist, thanks to some pretty lax laws in the Lone Star State; there are other weaknesses in Orfalindo Buitureyra's arsenal. he's a sentimentalist and so much so that he goes on three-four day drunks (we call 'em *parrandas serias),* and then, later on, he wonders where those King Kong-sized hangovers come from; as said, forgetful, as most sentimentalists.

Anyway, the man will break out two or three times a year and here's the pattern: he'll drink alone for a while, and then he'll drink with some friends, and *then* comes the dancing (a solo effort) and then la piéce de résistance: He sings.

"I like to," he says. To tell the truth, he's so-so in that department.

On the other hand, there's no oratory, no public crying, declamations, patriotic speeches, etc. "That's for queers, get me?"

Sure, sure, Don Orfalindo; no need to come to blows over a little thing like that, is there?

"Good! Just so's we understand each other. Know what I mean? Now, where was I?"

Singing.

"Right! Almost forgot . . . "

And he does. Actually, what he does is to sing along with the Wurlitzer. The following is tacit: if an Andalusian *pasodoble* breaks out, the floor belongs to Don Orfalindo. The reader probably thinks people stop and stare; the reader is *wrong.* And no, it isn't that the drinkers are bored stiffer than the Pope; not at all. It's more like this: live and let live. Man wants to dance? Let him. Man wants to dance alone? Who's he bothering? Right!

To put it as plainly as possible: People simply leave him alone.

"They'd better; what if he poisons them, right?"
Jesus! I'd forgotten about that . . .
"Tscha! I'm just talking."

Don Orfalindo Buitureyra, it so happens, is a cuckold. A
cabrón, a capricorn, antlered. You with me? This makes him the
lump he is. And, he's a nice old guy, too. None of this is incom-
patible, and why should it be? A bit of a fool, like all of us, then,
but he *is* a cuckold, in his case, a cuckold Made in Texas by Texas
Mexicans.
"And the kids?"
"Oh, they're his, all right."
"Damn right they are: they got his nose, all-a them."
"And that lantern jaw, too; even that girl a-his has it."
"Hmmm; but he's a *cabrón,* and that stain won't go away."
"We—ell now, that's something that don't rub off with gaso-
line. Goes deeper than that, you see."
This is all talk. Don Orfalindo is, *a la italiana, cornutto,* but
not *contento.* If anything, he's resigned to it. A bit of Islamic res-
ignation that.
"Look, his kids like him and love 'im. Isn't that enough?"
"Yeah, what the hell. Tell me this: just how long is that wife a-
his gonna remain good looking? There's no guarantee of longevi-
ty, you know."
"Well, nothing lasts one hundred years, not even a man's faith,
let alone his wife. Truth to tell, though, he'll wear those horns to
his grave."
"How long she been running around now? Five? Six years?
Give her two, three more; tops."
"Well, Echevarría you ought to go into counseling and fortune-
telling, ha!"
"Tscha! A matter of time, is all. Look at him: dancing that Silverio Pérez *pasodoble* . . . Who's he bothering?"

"Well now, if it comes to bothering, you're right: he's not bothering anybody, but look out in the sidewalk there: there's some youngster watching him."

"So? Those aren't his kids; his are all grown up."

A newcomer said that; and he really doesn't belong in that table with the *viejitos*: "Out with it, then . . . who's his wife fooling around with?"

This is a breach; the inquisitor should know better.

The Wurlitzer blinked once or twice and then some *norteño* music came on: Don Orfalindo went to the bar.

Not a peep at the table. Don Orfalindo's at the bar and orders another Miller Hi-Life. The men at the table look away, and the inquisitor excuses himself; to the john, he says.

Don Orfalindo takes a swig from the Miller's and then, without fail, he caps the bottle with his thumb. Conserves the carbonation, he says.

The *viejitos* at the table wave; he waves back. They're all friends; good men, really. The man who went to the john is still out there. It's hoped he doesn't ask many more questions. What would be the use?

First of all, being a cuckold isn't a profession; it's hard, cruel, but then it can happen to anybody: Napoleon, the President of the United States, one's best friend. No telling. There's Don Orfalindo, for ex. Except for the oldsters at the table, few know and less remember *the reason* for Don O.'s binges. As my neighbor says: "Who cares?"

"Don Manuel Guzmán ought to be dropping in pretty soon."

"Right as rain. Rafe! Rafe, boy, better heat up that coffee; Don Manuel ought to be coming in any minute now."

"Yessir."

Don O. pulls away from the bar; on his way to the john. But here comes the Grand Inquisitor; they almost run into each other.

At the table, Esteban Echevarría, Luis Leal, Don Matías Uribe and Dirty Luke, the owner of the place, throw a glance at the pair. The four men, the *viejitos,* shake their heads; the inquisitor shouldn't even be at this table, he's forty years old and out place with these men. He invited himself, then. Worse, it's Don Manuel's chair.

Enter Don Manuel. "Son, cut the volume you're going to get the neighbors down on you."

Don Orfalindo is back at the bar, bottle in hand, thumb in cap. He spots don Manuel at the table.

"Begging your pardon, Don Manuel, but I've been drinking."

"You want me to take you home, Don Orfalindo?"

"Well, no; ah . . . not this minute. I just started this morning."

"Well, you take care now."

"Yessir; I'm going back to the bar now."

There'll be no dancing by Don Orfalindo as long as Don Manuel is in there. (A note of respect acc. to Don O.) For his part, Don Manuel sips at his coffee and, as he finishes, says to the others: "My car's out front; let me know when you're ready to go." He rises and walks out the front door.

The inquisitor is back, too, but the chair is no longer there.

As Don Manuel walks out, Don Orfalindo hits the floor: *Besos Brujos* (letra de R. Schiammarella; con música de Alfredo Malerba). Libertad or Amanda sings out: "Déjame, no quiero que me beses . . . "

Un tango, tangazo! Eyes closed, Don Orfalindo Buitureyra glides away. Years, miles and more years: it's that woman again: young, hardbodied, once married to a former military surgeon from Agualeguas, Nuevo León; the surgeon died as a result of a prescription handed him by the apprentice pharmacist Orfalindo Buitureyra years and years ago . . .

Besos Brujos; bewitched kisses, in English, doesn't cut it. Another long glide by the man and *then* a sudden severe cut to the right! *Bailando con corte!* Eyes closed, harder now. A smile? Is it? Yes!

The eyes remain closed. Yes; he smiles again, and one could almost say, almost say, that Don Orfalindo Buitureyra is contented enough to be happy. And alive, and older, too.

But above all, happy; *y eso es lo que cuenta.* And that's what counts.

A CLASSY REUNION

The Homecoming

"Apple core!"
"Baltimore!"
"Who's your friend?"
"Elsinore!"

There she is, Elsinore Chapman, holding a glass of New York Taylor; but that's not the Elsinore I see at the moment. No. I'm looking at the fifteen-year-old Elsinore Chapman who's guarding, blocking, my way to the Klail City High School Library. She's been given strictest orders: a six-week banishment for me. Loud talk in Spanish—or so says Miss Mary Jane McClarity. Poor things.

"How's the champagne, Jehu?"

The fifteen-year-old Elsinore hasn't the vaguest idea that twenty-three years later she'll have married, divorced and that she and I will have been colleagues for a while at Klail High. And, she'll have a daughter, too; a kid named Birdie (named for some maternal grandmother named Birdwell), and both Elsinore and her dau. will trace and follow similar footsteps as Elsinore's parents: living in a nice, cool, quiet household where courtesy takes a precedence over warmth. It happens.

At Klail High, the teen-age Elsinore is big buddies (her words) with Molly Loudermilk (who'll marry as well and have two-three kids) and when Liz Ann Moore who'll marry once, twice and then marry for keeps to someone who: 1. puts up with her; 2. understands her; 3. loves her; and 4. who'll know that the one she *really* loved was someone else, a classmate erased in a bloody car wreck about the time Liz was on husband No. 1 Both Molly and

Liz Ann live in Houston now, and they'll run across each other once in a while. But only just.

We're all here at the Twenty-Second Class Reunion; a Klail High homecoming . . .

Two other close friends of Elsinore, Belinda Braun and Lulu Gottlieb, will disappear into America's Melting Pot. Belinda will wind up teaching math at Klail High and will marry a milkman, Ned Parks. A brother of the milkman (a Phillips 66 lessee) will marry Lulu Gottlieb; a friendly, smiling type, Lulu. (In high school she always had a smile on and so we voted for her in the high school elections.)

Explanation: Rafe Buenrostro thought it a good idea to write about our graduating class. He never got around to it, and so, I'm filling the void; as it were. Not completely, of course, since the Belken County Chronicles leave much to be filled and desired.

"Canapés? More champagne, you-all?" I turn. Molly Loudermilk. Molly Loudermilk Hall; I stand corrected.

But I'm back at the study hall with Elsinore . . . An exile from the library, from the books, for six weeks. A term. Three seats up and to the right: Domingo and Fabián Peralta, twins of the Belken County Court House coyote, Adrián Peralta. The twins speak English all the time, but I've yet to catch either one of them reading a book. The wily coyote has taught the cubs to smile and to put on a good face.

When Korea came calling, these two were out; missed a big part of their education, then. But they've learned to be sociable and to make small talk. A change, if not an improvement.

The twins didn't go out for athletics nor would they sit with us on the gym steps. Equity above all else: they didn't sit with our Fellow Texans either. A lone and solitary animal, the coyote . . . But they did have friends: those two standing by the bar. Friends who started school with the coyotes at St. Anne's Parish school. The yessir-yesm'am's and nosir-nom'am's, as Rafe called them.

And there's Rafe listening to Liz Ann Moore; she puts her hand on his shoulder.

Back to the coyotes; their friends are Noé Olmeda and Horacio Navarro. Noé's a pain, but he does have a sister, Fani, who broke my heart in high school: she became a Carmelite. Horacio Navarro (as we say) "counts as much as a nought to the left." These four, the coyote kids and their friends, are ageless; oh, a pound here and there, a sag, a lessening of hair, but that's a physical beating of time.

They wave as I cross the room for a warm hand-holding from an old friend, a new friend, a present friend: Sammie Jo Perkins.

Well, look over there; all smiles. J.D. Longley; oh, yes. Lives in El Campo; Wharton. One of the two. J.D. is the Colonel's son. Old Colonel Longley and his lady got themselves a divorce after all these years. Messy, too. Colonel Longley, don't you see, ran off with their Mexican maid. It happens.

Elsinore waves at me. Motions that we'll be eating in a few minutes.

There's Edwin Dickman talking to J.D. Ed's an orphan; raised by his grandparents; folks died in a . . . I forget. This is their house; about as big as the bank. And there's Roger Bowman; Ed lives in Bascom, now, and Roger in Edgerton.

First time I met Roger he was riding a Schwinn. Almost ran me over, too. Nothing personal, though: we were both watching the cheerleaders. And there's the clean-up hitter in this lineup: Robert Stephenson Penwick. Most Handosme, Most Likely to Succeed. *Robin* to those who knew him well. The spreading of smiles all around also got him Best All Around. All this turned out be a future help; he's just finished his term as State President of the Kiwanians, and he's on his third term on the school board. He heads the Klail City Independent Underwriters, a front for the bank.

"Jehu. Refill?"

Smile. "Thanks, Elsinore."

She smiles. "What-cha thinking about?"

"About the last twenty years . . . "

"Well, be nice now." And off she goes.

And here's Royce Westlake and Harv Moody; cousins. Their fathers married the Ridler sisters, Valerie and Sybil. Methodists, I think. We almost turned Royce down at the bank this week, but Harv came through with the collateral. Nothing personal.

And, speaking of money, there's Elsinore leading us all to the sit-down dinner with a practiced wave of the hand, that's the same hand that kept me away from the library; oh, well.

There's Molly, waving at Liz Ann Moore and pointing to the door.

And look at *that*! Babs Hadley; late as usual. Had her own car then, too. Used to pick up Charlie Villalón at his dad's goat ranch. Babs is walking this way. A kiss, not a peck.

"You haven't changed, Jehu."

"I've tried, I've tried." Sits next to me, on my right. We go a long way, she and I.

Elsinore. "More champagne? And do try the mushrooms, everyone."

Name tags along the table: Watfell, Posey, Keener, Bewley. What's in a name? Ah, the Hindenburg Line: Muller, Bleibst, Gottschalk, Voigt . . . The poor whites: Watkins, Snow, Allen . . .

And there's Rafe, looking at me again. He motions. Ten minutes. I nod. In ten minutes, somebody, Liz Ann Moore probably, will read the twenty-two-year-old class will.

Graduation night. School board president; a man born to the job. Talks about shoulder to the wheel, nose to the grindstone, ear to the ground.

Hand in your pocket?

The poor put upon Superintendent passes out the diplomas; a whiff of liquor of some sort. Diplomas in hand, and it'll be the Army for many of us. The Super's son had flat feet, but not so flat the he couldn't play ball up in Boulder, some place. Bobby Thurlow. Talk has been that he's gay; prob. not true and prob. not important either.

Forty-six in our graduating class, and forty remain twenty-two years later. Elsinore sits to my left, next to me; makes it a point. The Peralta twins are at each end of the table. Young Murillo is next to one of them and so is Alfonso Vásquez. Good for him. Did a little time in Huntsville and now works at a tire store. Young Murillo made himself into an electrician; a contractor, now. Winks.

The Green Gauntlet is the caterer and Roger Bowman is the official master of ceremonies. Out back, everything is lit up and bright as day for us; skeet shooting at night after dinner and drinks.

But who is this across the way? Ah. Ed Dickman's wife. A Valley girl, but no Klail Citian . . . Oh, yes; she's known me (about me) for years. From Ed here, she says. Sure.

Saw Ed a month ago a the bank; we financed his fifth camera shop in the Valley.

And there's a cousin of mine, Rafael Prado. Stayed in after Korea and traveled all over. Mustanged it to Lt. Col., and brought back a German wife: Hannelore, and now they've got four German-Mexican kinder. He's now a Lt. Col. (Ret.) and a game warden in Flads; County seat of Dellis. Happy, the six of them, and why shouldn't they be?

"Did you hear that Jehu gave up teaching English at Klail High? Yes, he did; he's at that bank now. Aren't you, Jehu? You traitor, leaving Klail High for the bank . . . "

It's Sofía Vergara. And she's with Emma Castro. Who else? Ah, yes. First with Sofía and then with Emma, and then, one day of a Spring month, the three of us skipped school all day long at Emma's house.

Sofía's married to Julio Zavala of Zavala's Television, and Emma married Nestor Reyes . . . nephew to the late Pius V. Reyes who died while resting atop Viola Barragán at the Holiday Inn.

Babs Hadley nudges me a bit. The caterer waits, bottle in hand. Yes, thank you; and he pours.

"Wherever you were just now, Jehu, I wish I'd been there." Babs. Smiling.

The farm girls are here too: Blanca Aguinaga heads the list. And Conce Guerrero would have been here with Rafe; but she died. Drowned on an Easter Sunday picnic; years ago. And look who came down from Michigan City, Indiana: Dorothea Cavazos, now *she* was a good one. And here's another farm girl: Elodia Cavazos. These two are first cousins; Elodia now lives in Dellis County; a nurse.

There's Julián and Timoteo Vilches. Cousins of Rafe's and mine. Law partners. Julián once held off the white trash long enough for me to come over and help. No big deal. Some of them are at this table; we all laugh about it now. And we should. And we do. Timo points to me and then to Elsinore.

He remembers.

"Can I get you a couple of books, Cousin?" And Timo then brought them out to me that afternoon twenty-odd years ago.

Poor Miss Mary Jane McClarity; using Elsinore as a cop. You're twenty years older, Miss McClarity, wherever you are. I am too, of course, but look at it this way· You're twenty years older than *I* am . . .

And no, it wasn't I who yelled in study hall. Not that time.

"Here, Jehu, this fresh glass is for you. Special."
"Thank you, Elsie."
No pain, no debt, nothing lasts a hundred years.

Apple core!
Baltimore!
Who's your friend?

Klail City
y sus alrededores

Rolando Hinojosa

A Tomás

PARTE I

GENERACIONES Y SEMBLANZAS

(entre diálogos y monólogos)

MARCANDO EL TIEMPO

Aquí aparece gente, que ya se ha visto en otras ocasiones; gente que apenas se ha mencionado y, todavía, otra gente que se conocerá. Este mundo de Belken County es un ir y venir; la gente que nace y grita también llora y ríe y va viviendo como puede; unos suben otros bajan pero, al fin, todos mueren y, al llegar la hora de la hora, aquí no ha pasado nada, señores: el muerto al pozo y el vivo al gozo, si se puede, y sin que lo cojan a uno con las manos en la masa.

El número de bolillos que se ve en estos escritos es bien poco. Los bolillos están, como quien dice, al margen de estos sucesos. A la raza de Belken, la gringada le viene ancha; por su parte, la gringada, claro es, como está en poder, hace caso a la raza cuando le conviene: elecciones, guerra, susto económico, etcétera. (Las cosas más vale decirse como son, si no, no.)

Aquí no hay héroes de leyenda: esta gente va al escusado, estornuda, se limpia los mocos, cría familias, conoce lo que es morir con el ojo pelón, se cuartea con dificultad y (como madera verde) resiste rajarse. El que busca héroes de la proporción del Cid, pongamos por caso, que se vaya a la Laguna de la Leche.

Verdad es que hay distintos modos de ser heroicos. Jalar día tras día y aguantar a cuanto zonzo le caiga a uno enfrente no es cosa de risa. Entiéndase bien: el aguante tampoco es cerrar los ojos y hacerse pendejo.

La gente sospecha que el vivir es algo heroico en sí. Lo otro, lo de aguantar lo que la vida depare, también lo es. Saber mantener el tipo y no permitir que a uno se le aflojen las corvas también viene siendo, en gran parte, saber de qué se trata la vida. Lo demás (el sermoneo) es música de salón y ganas de chotear.

El aguante le podrá venir a uno de nacimiento. Todo puede ser. Pero, por lo común, el aguante le viene a uno como consecuencia del forcejeo diario con el prójimo. No hay vuelta.

A continuación, *Klail City y sus alrededores.*

LOS TAMEZ

A Jovita de Anda la preñó Joaquín, el mayor de los Tamez. En esos casos es difícil saber qué va a pasar . . .

—¡No, no, no y no! No anden con fregaderas.

—Pero, papá, si la cosa . . .

—Bertita, tú te callas, ¿sabes? Anda, vete allá al solar y déjanos.

—Ahora tú, Emilio, ven acá.

—Sí, apá.

—Le avisas a don Manuel Guzmán que aquí no ha habido nada. No vayas a meter la pata, ¿me entiendes? Tú le dices que aquí va a haber paz y luego gloria; que aquí se van a casar esta tarde; y que por favor . . . y le dices *por favor,* ¿sabes? . . . que por favor apacigüe a los de Anda.

—¿Y eso pa qué? ¿A poco van a venir aquí buscando a Jovita?

—Estáte quieto, Joaquín. Emilio, haz lo que te digo. ¿Entiendes?

—Sí, apá.

—Cuélale. Ah . . . cuando vuelvas a casa te quedas allá afuera, al cruzar de la calle.

—Sí, apá. Ahorita vuelvo.

—Jovita.

—Sí, señor.

—Esa puerta allí es la del cuarto de mi difunta.

—Sí, señor.

—Enciérrate allí hasta que yo mismo venga a llamarte.

—Sí, señor, sí.

—Bueno, ahora ustedes dos vénganse conmigo al corredor.

—Bonito lío hijuelachingada te has armado. ¿No te podías esperar, verdad? No, qué va, lo que digo yo: la rendija de la mujer estira más que un tractor.

—Pero, apá.

132

—Qué apá ni qué chingaos, Joaquín. Pendejeaste.

—Pero usté sabe que nos queremos casar.

—Sí . . . pero ¿por qué chingaos no se esperaron a hacer la cosa bien hecha? ¿Y quién la va a pagar, eh? Pues, Bertita; sí, tu hermana. ¿Qué cara va a poner ahora con las amigas?

—Ta bueno, apá.

—Ah, hasta que habló el mudo. Milagro que no fuiste tú, Ernesto. Vas a ver, un buen día se le antoja a Cordero chico que le rondeas a la Marta y allí sí que va a haber pedo.

—Balde me viene huango.

—No te creas, Neto.

—Joaquín tiene razón. Don Albino y yo somos viejos amigos . . . acuérdense que ellos también vivieron aquí en el Rebaje. El Balde es de esos que aguantan un chingo hasta que dan explosión. Entonces, ¡aguzaos! porque se pone buena la cosa.

—No se crea, apá. Es un rajetas.

—No es rajón, Ernesto. Es muy punto. Yo sé lo que te digo. No le menees.

—Joaquín tiene razón, Neto.

—Oiga, apá, ¿pero de veras no vamos a invitar a los de Anda?

—¡Otra vez! Te dije que no, Joaquín. Que no, no y no. ¿Me entienden o no?

—Pero, apá, es que Jovita . . .

—Ni Jovita ni tú tienen vela en este entierro, ¿sabes? Ustedes se casan aquí, en esta casa, en ese cuarto donde murió tu mamá, ¿oíste? Qué testigos ni qué jodidos. Ernesto se trae al juez de paz y ya. El asunto del papelaje y todo lo demás se hace más tarde . . . y no me anden con chingaderas. Emilio va a estarse allá afuera, el juez y nosotros adentro, y tú y Jovita se casan.

—¿Y si vienen los de Anda?

—No vienen. El que quizá pueda venir es don Marcial pero el viejito no va a hacer mitote; lo conozco. Va a llorar de pena y rabia pero se va a aguantar y se aguantará.

—Ya van a ser las dos, apá.

—Ta bueno. Joaquín, vete a la puerta de atrás y dile a Bertita que entre. Dile que se quede con Jovita en el cuarto de tu mamá.

—¿Y cuándo va Neto por el juez?

—Vale más que ya. ¿Van a ser las dos, dices? Mira, Neto, no te vayas a detener por ningún lado, ¿me oyes? Te quiero ver aquí para antes de las tres.

—¿Y si el juez no está en su casa?

—Allí va a estar.

—¿Pero si no está? ¿Entonces, qué?

—Allí va a estar, te digo.

—¿Y si no?

—¿QUÉ PASA AQUÍ, CON UNA CHINGADA?

—No se enoje, apá.

—Mira, Neto, te aguanto mucho porque eres el más chico y porque le dije a Tula que me aguantaría . . . pero un buen día de estos te voy a dar una riatiza padre que no se te va a olvidar.

—Ay, papá, ¿qué pasa?

—No te metas, Bertita. Ándale. Al cuarto con Jovita.

—Ya te estás yendo, Neto.

—Sí, apá. Voy volado.

—No es por nada, apá, pero usted le aguanta mucho a Neto . . . Que si Emilio o yo le habláramos a usté así ya nos hubiera puesto color de hormiga. Y Neto también tiene la culpa, apá. Es sangrón y aprovechado. Ya va más de una vez que lo hemos sacado Emilio y yo de zafarranchos, ¿y él? En las mismas. No se le quita.

—Atiende, Joaquín. Esta casa y lo que tenemos es de todos. Cuando yo muera, tú serás el encargado.

—Sí, ya sé, el encargado.

—Eso, el encargado. Ernesto sabrá arreglárselas por sí solo, ya verás. Ahora tienes mujer y como eres el mayor tienes que cuidarte y vigilar a Bertita también. El día menos pensado cumple los dieciocho o diecinueve años y cuídate. Es tu hermana. El día que le dé la gana, se huye con alguien.

—Quite usté, apá.

—Yo sé lo que te digo. Tú la vigilas . . . No la queremos pa que se ponga a vestir santos, qué chingaos, pero tampoco quiero que salga preñada.

—Hombre, apá . . . no la friegue . . . lo va a oír Jovita.

—Que me oiga . . . y que me oiga Bertita también. Lo de Jovita tiene arreglo: ustedes se casan en menos de una hora y ya. Se queda a vivir aquí y andando.

—Fíjese por la ventana, apá. Allí está Emilio. ¿Lo llamo?

—No. Ya sabes: vas a ser hombre casado y déjate de chingaderas. Eso es todo lo que te tengo que decir. Ahora llama a las muchachas y vamos a esperar al juez.

Jovita de Anda y Joaquín Tamez se casaron tal y como había dispuesto don Salvador Tamez: boda pequeña y seria. De familia. Los de Anda, gente pacífica, la dejaron por la paz: Jovita estaba casada y qué más se podía esperar. El suceso, claro, sirvió para dar parque a la gente del Rebaje y a la gente del Rincón del Diablo, dos barrios que a veces se llevaban bien y a veces no. Jovita, con el tiempo andando, sanó y se granjeó con su suegro al presentarle una mujercita a la cual le pusieron Gertrudis por nombre. Don Salvador Tamez, por su cuenta, siguió y sigue dando guerra a medio mundo.

Mucha gente (hasta la bolillada) dice que los Tamez son peleoneros y cascarrabias. Puede ser. Lo más probable es que no son dejados: saben cumplir a su manera, son mal sufridos y trabajan como animales.

ECHEVARRÍA TIENE LA PALABRA

A. *Choche Markham*

Amigo de la raza, ¡ya quisieran, raza! Choche Markham es bolillo y rinche. ¡Qué va a ser amigo de la raza! No me anden ustedes a mí con eso. Si fuera amigo no le hubiera rajado la cabeza a Olegario Gámez con las cachas de la .45. ¡Amigo de la raza! ¡Díganmelo a mí! Choche Markham está casado con mujer mexicana y deje usted de contar: la trata peor que una perra y Dios sabrá por qué vive con ella. Choche Markham es un aprovechado y montonero. Flacocabróndehuesocolorao, a mí no me la da. ¡A ver! ¿Por qué no se entra en esta cantina cuando hay pedo? ¡A ver! ¿Por qué? Pos, porque le faltan tanates —sí, cuñao—, le faltan huevos. Le faltan los morenos, raza. ¿Ehm? ¿Qué chingaos pasa cuando viene aquí don Manuel? Se acaba el pedo, ¿verdá? Pos sí; pero don Manuel se entra aquí y cuídate con cabronearle porque te da en la madre; pero lo hace cara a cara, y solo; y sin ayuda de nadie. Por las buenas o por las malas, pero te arreglas o te arregla. ¿Y con el otro? ¡Mierda, cuñao! Te pega allá. Afuera. En plena calle; pa avergonzar a uno y ¿para qué? Pa que lo vean. Pa que le diga a su vieja que allí andaba muy macho. ¡Chingue a su madre, Choche Markham! Don Manuel, no. Don Manuel te echa al bote y ya. Un huerco suyo viene, te trae café y sanseacabó. ¿Y qué pasa con el famoso Choche Markham, palomilla? Te cañonea en la calle, en el carro y, para acabarla de arruinar, en la misma cárcel. Ah, y con otros pa que le ayuden porque lo que es solo el muy hijo de su chingada madre no va. Ni en sueño, cuñao, ni en sueño.

La bolillada se cree que los rinches son gallones; me cago en los rinches y en sus pinches fundas contoy pistolas. Montoneros es lo que son. ¡A ver! ¿Qué pasó cuando lo de Ambrosio Mora? El cabrón de Van Meers lo mató en las calles de Flora —a las tres de la tarde, como dice la canción—, ¿y qué? Nada. Absoluta y pinchemente nada, cuñao. Pinche Estado se tardó tres años para el proceso y luego vino Choche Markham como testigo del Estado. ¡Miren, hombre! ¡Si

Van Meers fue el que mató a Mora, gente! ¡Mora fue el muerto, hombre! ¿Y Van Meers? Allí anda, ¡de muestra! ¡Qué bonito, chingao! ¿Y Choche Markham? Sí . . . sí . . . amigo de la raza. ¿Y saben ustedes por qué dice eso la raza pendeja? Ah, pos porque Choche Markham habla español. ¿Qué gracia es esa? Yo también hablo español y a poco la gente anda diciendo por ahí que Echevarría es amigo de la raza, de la bolillada o de la madre que los parió. ¡Raza pendeja! Por eso nunca subimos. Díganme a mí de Choche Markham . . . Sí, díganme a mí. ¿A ver? ¿Qué le pasó hace unos diez-quince años? ¿Ehm? Cabrón se quiso meter en el asunto aquel de los Buenrostro y los Leguizamón . . . (aquí está Rafa mismo que en ese tiempo no tenías los quince años, ¿verdá, hijo?) ¿Y qué pasó? Pos casi nada . . . Cabrón vino echando madres y diciendo que él iba a arreglar a la raza y todo el pedorrón. Pura madre. Los Leguizamón mataron a don Jesús mientras dormía y ¿qué hizo Choche Markham —les pregunto, raza—, qué hizo Choche Markham el gran amigo de la raza? Pos ya saben: no hizo nada. No hizo una chingada. ¿Los siguió a los Leguizamón? ¡*Hell* no! ¿Y por qué no? ¿Porque no se le hinchó a Choche o qué? No . . . no, lo hizo por miedo de ir solo y por los favores que les debía a los Leguizamón. Cabrón aprovechado quería —y fíjense si son chingaderas—, quería quedarse con las tierras del Carmen. ¡Bien haya que había gente como don Julián Buenrostro que le dijo al pinche rinche que se fuera a la chingada, que él, Julián Buenrostro, cruzaba el río y se echaba al monte tras el que fuera. Y lo hizo, raza. Lo cumplió. Bien haya el que tiene los pantalones puestos, y no se agacha a mear. Amigo de la raza . . . ¡Mamalón eso es lo que es Choche Markham! En su vida ha ayudado a la raza. En su vida . . .

Por medio de esto y otras cosas más que le contó Echevarría, Rafa Buenrostro vino a saber un poco más sobre la muerte de su padre, don Jesús, al que decían el Quieto.

B. Doña Sóstenes

Cuando volví de Corea, doña Sóstenes Jasso, viuda de Carmona, tenía unos sesentaicinco años de edad y cuarenta y pico de viudez, o sea, desde que José Isabel Chávez, cabecilla de mala memoria, fusiló a Jacinto Carmona y a otros once más en las afueras de Parangaracutiro, Michoacán. A Klail City vino en 1915 con Herminia, su hermana menor, que fue la primera esposa de mi tío don Julián Buenrostro. Yo estaba detrás del mostrador de la cantina de Lucas Barrón, el Chorreao, cuando pasó doña Sóstenes con un nietecito suyo.

¡Otra cerveza, Rafa, que voy a empezar! Ay, Sóstenes, Sóstenes, ¡quién te ha visto y quién te ve! Somos de la misma camada, gente, y antes de que pavimentaran esas calles de Klail, allá por el '17 o el '18, esa viejita flaca y seca que ahora ven, era en esos tiempos, otra cosa, ¡sí, señor! Ay, Sóstenes Jasso, viuda del capitán Carmona, quién te ha visto y quién te ve . . . Pues, muchachos, sucede que cuando Jacinto Carmona cayó con hombres y caballos en una trampa del guerrillero Chávez, su señora, bueno, la Sóstenes, vivía en Doctor Cos, Nuevo León. El parte que recibió anunciando la desgracia llevaba dos meses de retraso y la noticia tres semanas más . . . así es que Sóstenes, sin saber, había sido viuda casi todo el verano del '14. Lo que son las cosas, ¿eh? . . . Pues, sí, muchachos, como les digo: Aquí cayeron ella y su hermana el año 15 y se defendieron por la bondad de la señora de don Manuel que las recogió como si tal cosa y allí vivieron hasta que Herminia se casó con don Julián Buenrostro. ¿Tú sabías eso, Rafa?
—Sí.
—¿Dónde iba? Ah, sí . . . bueno, en esos tiempos de falda corta y calles de polvo, las dos Jasso todavía usaban vestidos largos pero ¡qué quieren! lo bueno no se esconde, ¡no señor! Así que la raza se dio cuenta que la mayor era viuda, hubo unos que se equivocaron porque creyeron que la cosa, se ponía buena. No, nada, y ni esperanzas. Al año o algo así, Herminia y don Julián se casaron en el rancho del Carmen y Sóstenes se fue a vivir con ellos. De quedarse en Klail quizá no hubiera pasado nada . . . eso no se sabe y ni se sabrá . . . pero para qué profundizarse en materias que . . .
— . . . Eit, eit, Echevarría, se ta va la onda, alza las velas y sigue adelante.

—N'hombre, Turnio, ¡qué onda ni qué nada . . . ! Bueno, como
les decía, se fue al Carmen y allí fue donde Melesio Parra, hijo de
Melesio grande el de la lechería, y Antonio Cruz, aquel chaparrito
que criaron los Archuleta, ¿se acuerdan?, bueno, allí, digo, fue
donde estos dos muchachos se mataron a balazos por la Sóstenes.

—Sí, muchachos, como lo oyen, se hicieron pedazos por el
amor de la Sóstenes. ¡Ja! Y mírenmela ahora: viejita con sus canas
y arrugas, jorobadita por los años y pensar, como dice el tango, que
es un soplo la vida, ¿eh? . . . Pos sí, se balacearon y se mataron y
la Sóstenes se desentendió de todo. Miren qué risa . . . si ella ni
caso les ponía en vida. Ellos, sí, ellos eran los del pedo. Ella no
tenía que ver nada en el asunto. Ah, ¿y después? Ah, pos la raza
decía que por la culpa de las mujeres, y que si esto y que si aquello o lo otro o lo que sea. ¡Raza pendeja! Se mataron por pendejos.
La Sóstenes no era un trapo, gentes. Ella no andaba de mano en
mano. Con decirles que ni a los bailes iba . . . El Melesio y Antonio se mataron y esos que decían que la causa había sido la Sóstenes, allá ellos porque lo que es ella: nones. ¡Verdá, Maistro?

—Sí, yo estuve allí. Era uno de esos bailes que organizaba
María Lara.

—¡Otra qué tal!

—¡Si esa mujer es más fea que el hambre!

—Ustedes jovencitos no saben nada de nada.

—¡Echevarría está pedo!

—Pedo, sí, pero con mi dinero.

—No se deje, Echevarría . . .

—Hombre, no le hagan pedo, no lo choteen.

—Sí, hombre, déjenlo que siga.

—Pos es todo, muchachos. Vi a la Sóstenes que pasó y me
acordé de cuando era joven, eso es todo.

—No se sienta, Echevarría.

—Eso, no les haga caso, Echevarría.

—A ver allá, tú, Rafa, ¿crees que ando pedo?

—No.

—¿Y me vendes otra?

—Seguro que sí.

—Bien haya los Buenrostro, chingao. Otra Falstaff, Rafa.

—Sí, me acuerdo bastante bien del caso. La pistola de Melesio era prestada. Una .38 de su cuñado, el difunto Tomás Arreola.

—¿Y la del otro?

—No, la del otro era propia. Una .38 también. Como dice Esteban, se dieron en la madre, cara a cara.

—¿Y cómo los meros hombres y todo el pedorrón?

—Sí . . . fíjate qué pendejos . . .

—¿Y es verdad que Esteban Echevarría andaba allí?

—Sí. Creo que andábamos juntos esa noche. Les diré que la Sóstenes recibía y recibe una pensión del gobierno mexicano desde la muerte de su esposo.

—No debe ser mucho el dinero.

—Una bicoca.

—Pero cae tan regular como el sol.

—Oiga, ¿y qué pasó entre las familias de los muertos?

—Nada. La dejaron por la paz.

—Menos mal.

—Y matarse por una vieja.

—Pos ni tan vieja.

—Sí, ya sé, pero fueron pendejadas, hombre. Puras pendejadas.

—Bueno, Rafa, ya me voy.

—Hasta mañana, Echevarría.

—Con el favor de Dios.

C. Cosas de familia

Ropa sucia se lava y se seca en casa propia, esa es la pura verdad.

Al vecino necio una indirecta,
al malentendido un sofocón,
a la ley ni media palabra,
y a los ofendidos: puerta abierta.

Atrevido es el meterse donde a uno no le llaman
y peligroso es porfiar en asuntos ajenos . . .

ESTEBAN ECHEVARRÍA

(Echevarría, de pie, tiene la palabra en la cantina El Oasis de
Andrés Champión. Se ha propuesto contar lo que sabe de la vieja
muerte de don Jesús Buenrostro. Echevarría mismo dice que tiene
todos los requisitos para contar la cosa: memoria, pulmón y ganas.
Como dice él: ¡Así cualquiera!)

Como si fuera ayer, muchachos, estoy viendo a don Jesús el
Quieto, hombre cabal y no lo digo nomás porque está Rafa pre-
sente. Conozco a este muchacho desde niño igual que conocí a su
padre, a sus tíos y a toda la buena ralea del rancho del Carmen. Ya
sé que cuando me pongo pedo ustedes me chotean y me aguanto
porque sé aguantar y porque reconozco que cuando ando en trago
es mejor callar . . .

(El menor de los Murillo, yerno de don Víctor Solís, mientras
compra un *round* de cerveza, interrumpe con respeto: "Déle ya,
Echevarría".)

Bueno, como decía, me acuerdo como si fuera ayer y estoy viendo a don Jesús el Quieto trabajando y defendiendo sus tierras del Carmen. Por cierta temporada los rinches se habían dejado de estar
molestando y la gente de los ranchos estaba en paz. La discordia
seguía pero con la música por dentro y por eso parecía que por fin
habría tiempo para trabajar y seguir viviendo como antes. Los padres
y abuelos de ustedes todavía se acuerdan de estas cosas y sabían que
todavía no se había acabado la cosa o, mejor, que, no se acabaría
hasta que los Buenrostro y los Leguizamón hicieran las paces —o
desaparecieran de este mundo—. El tiempo, muchachos, pasó y verano iba y verano venía y las paces todavía no se hacían. Hubo casamientos, cosechas regulares tanto de tierras como de mujeres, y la
gente mexicana de Belken County andaba pisando quedito como el
pobre del cuento que vivía con el ojo pelón y con el aire en la boca.

La discordia, sin embargo, seguía y los Leguizamón empezaron la cosa nuevamente cuando se trajeron al *sheriff* y a un abogado a que los Buenrostro. Pero éstos, nada dejados, tenían sus papeles en regla y así es que ustedes, señores, se pueden marchar. De
ahí, nuevamente, los Leguizamón empezaron a acaparar más tierra
y tanta que, por poco, casi cercan y rodean el rancho del Carmen.
Los Buenrostro ven y callan porque reconocen la legalidad de la
cosa pero empiezan a armarse por si las moscas.

Una noche de abril cuando las flores de los naranjos querían
reventar a pesar de la sequía, alguien viene y mata a don Jesús
mientras duerme (esto tú ya lo sabes, Rafa). El matón es sorprendido mientras trata de quemar la carpa y a don Jesús y se huye al
oír el trote de un caballo. El que viene es Julián, hermano menor
de don Jesús el que, sin media palabra, recoge el cuerpo y lo monta
atravesado sobre su propio caballo y se va andando rumbo a la casa
de su hermano para depositarlo al pie de aquel nogalón que todavía está allí como testigo . . .

(Echevarría deja de hablar. Todo el mundo se la queda viendo
pero el viejito sigue mudo . . . de repente: "¡Echevarría!, ¿qué le
pasa? Sígale, don . . . ")

No, Maistro, más vale que no . . . otra vez será . . .

(Al viejito se le ruedan las lágrimas y como no le gusta hacer
papeles, se escurre por la puerta trasera. Eso de poder llorar, ya se
sabe, no es falta de hombría porque —y vaya el ejemplo— hasta
Jesús lloró en la cruz.)

a. Los perros que ladran

—Sh . . . Nieves . . . Nieves . . . sh . . . no hagas ruido . . . ¿no
oyes los ladridos de los perros? Shshsh, te digo; no te muevas . . .
¿los oyes? Parece que están allá, en las tierras de los Buenrostro . . .

—Puede que tengas razón, ¿y qué será?

—Sh . . . sh . . . Allí están otra vez . . . óyelos . . .

—Ay, Esteban, tengo miedo.

—Sh, sh . . . siguen ladrando . . . Yo estoy en que oí un disparo o varios . . . no sé. Estaba entre azul y buenas noches, ¿sabes?

Duerme que duerme y despierta que despierta cuando de repente creí oír el disparo de arma. Pero lo que sí oí bien fueron los ladridos.

—Allí están de nuevo, tú.

—Verdá que los oyes, ¿verdad?

—Sí . . . Ay, Esteban, no salgas, por favor.

—No tengas miedo, Nieves . . . horita vuelvo, ¿sabes?

—Pero, Esteban, por lo menos llévate un candil . . . no seas ingrato.

—Si no es nada, Nieves . . .

—No, nada . . . ¿y para qué sales, entonces?

—Tú sabes que los Buenrostro tienen sus cosas con los Leguizamón.

—¿Y qué? Allá ellos . . . Tú no, Esteban.

—Estas tierras se las debemos a los Buenrostro. ¿Ya se te olvidó?

—Estas tierras son nuestras . . . legalmente.

—Tú lo has dicho, legalmente. ¿Y quién las sostuvo?

—Ps . . . los Vilches . . . los Tuero . . .

—Ya murieron, mujer.

—Bueno, Esteban, los Buenrostro también.

—Qué también ni qué guaraches . . . Don Jesús y don Julián se expusieron antes que nadie. No me alegues, Nieves . . . Mira, préndeme el candil ya que te empeñas. Allí están los perros otra vez.

—En el nombre sea de Dios.

—Así sea y alcánzame el 30-30 que ya basta de güire-güire.

Cuando a don Julián Buenrostro le avisaron de la muerte de su hermano por poco se vuelve loco. Explicaba su mujer, doña Herminia, que por dos meses cumplidos el hombre se había puesto insoportable hasta que un buen día vino Esteban Echevarría y se estuvieron hablando los dos toda la tarde y parte de la noche. Esa misma madrugada del doce de julio, el cumpleaños de don Julián, el menor de los hermanos Buenrostro se echó al monte y cruzó el Río Grande en busca de los asesinos de su hermano.

Contaba doña Herminia que allá, por noviembre, volvió don Julián y que antes de verlo oyó su chiflido . . .

La vida empezó de nuevo para los Buenrostro y de vez en cuando doña Herminia sorprendía a su esposo que —como si tal cosa— se ponía a cantar y canturrear como antes.

Por Esteban Echevarría se supo más tarde que Alejandro Leguizamón había pagado a dos nacionales mexicanos para que mataran a don Jesús. Bien puede ser que ni tiempo tuvieron de gozar de todo el dinero porque don Julián se los despachó cuando su caballo todavía chorreaba agua del río, tan recién así había llegado del otro lado del Bravo.

En otro lugar y en otra ocasión se contó cómo encontraron a Alejandro Leguizamón con los sesos sumidos en el patio de la iglesia del Sagrado Corazón.

—*Thy's gonna be hell 'round here for a while. Them Buenrostros just ain't goin' to take to this with their hands in their pockets . . .*

—*Señor Markham, you worry too much.*

—*Could be, but I know Julián Buenrostro and he'll come running.*

—*He'll come all right, but he won't be running.*

—*But he'll come.*

—*Well, Mr. Leguizamón, tell you what, I'm goin' into town for a while and see what's up.*

—*No need to worry.*

Gentes más ilustradas y mecateadas que Alejandro Leguizamón se han equivocado . . . Le sobrevivió a don Jesús Buenrostro cosa de dos meses solamente. Después de una kermés en el patio de la iglesia del Sagrado Corazón, se quedó hasta la madrugada esperando a una de las que le había echado ojo. En vez de una mujer vino Julián Buenrostro. Allí, solos, él y Julián Buenrostro se enfrentaron.

EL HERMANO IMÁS

Así que, por fin, sepultamos a Bruno Cano en campo sagrado en presencia de medio Belken County, me volví con don Pedro Zamudio a la casa parroquial cuando el sol ya se había puesto bien a bien. El hombre se veía abatido y afligido pero el que tal creyera se equivocaba; lo que sentía era una rabia hacia la humanidad en general y hacia Sabas y Lisandro Carmona en especial; los hermanos habían sonsacado a don Pedro al convencerle que sepultara al difunto Cano después que éste y don Pedro se habían hecho de palabras la noche anterior. La noche había empezado con Cano y Melitón Burnias afanándose en buscar un supuesto tesoro enterrado en el solar de doña Panchita Suárez, la curandera del barrio. Pasó que no dieron con el tesoro y Bruno murió a consecuencias de un susto que recibió y de un berrinche de primera que tuvo con don Pedro cuando el cura se negó a sacarlo del pozo. Al día siguiente se hizo el entierro (cosa que don Pedro no pudo evitar) y llegó a ser un asunto bastante aparatoso (aquí la mala fe de los Carmona).

A pesar de la baja del sol el calorón persistía y don Pedro, primero se deshizo de la sotana seguida por el cuello blanco y por fin del saco, pasándome todo a mí para que cargara con cada artículo amén de la Bibliota y los cirios. Como iba con paso acelerado (y yo casi corriendo para no quedarme atrás) don Pedro jadeaba pero no por el calor ni a causa del cansancio sino, como se dijo, por la sangre que le hervía después de la tomadota de pelo de los Carmona. Sin duda don Pedro, en mente, les iba preparando un sermón para las misas del domingo y allí —prisioneros— se las amanaría. ¿Que los Carmona no irían a misa? Bah, claro que irían; no eran tan torpes ni tan insensibles para no permitirle el desquite a don Pedro. De mi parte, con el correr y la carga de don Pedro yo también iba chorreando sudor como un bendito pero me sostenía el pensar en la cena que Chana nos tendría preparada y, si le apuraba, la oportunidad de colarme al pueblo por un rato. Para estas alturas don Pedro ni se daría cuenta de mi paradero; hasta allí el estado mental del hombre.

Por fin llegamos a la casa y a la cena. Chana, como si nada, tenía la mesa dispuesta y anunció que todo estaba listo. La muy larga se hacía zonza pero yo la había divisado en el entierro y para que lo supiera le guiñé un ojo; ella (no pendeja) disimuló y fue a sentarse en el corredor.

Se me olvidó decir que don Pedro llevaba cerca de dos horas de no pronunciar palabra y así fue que la cena también fue en silencio. Cenó lo que se dice regular y, otra vez, sin hablar, se metió en su cuarto cerrando la puerta con un golpe todavía más fuerte de lo común. A eso de unos cuantos minutos don Pedro empezó a hablar y luego a alzar la voz, maldiciendo a la parroquia, al pueblo, al Valle y, a cada momento, a los Carmona y al difunto Cano. Mientras trabajaba en el sermón, pues, iba poniendo a todo mundo lo que se dice color de hormiga.

Yo andaba con unas meras ganas de pelarme de allí y no me quedé a oír todo lo que decía don Pedro. Ya tendría oportunidad de oírlo durante cada misa hasta la alta cuando les encajara el sermoncito listo, parejo y con lustre a toda la crema chicana de Flora.

Cuando vino el domingo yo ya no estaba en Flora; entre el entierro y el domingo, cosa de cuatro días, empecé nuevamente con mis trotes y galopes; esta vez con el hermano Imás, predicador de persuasión protestante con itinerario variable y constante.

El hermano por encanto o encono que le tuvieran sus chistosos padres, se llamaba Tomás y era, pues, Tomás Imás. Según él, abandonó el hogar para seguir la huella del Señor y para predicar su preciosa Palabra (*sic*) entre los filisteos y demás gente que apartado se habían (sus propias palabras) del sendero seguro del Señor. (No vayan más allá; quizá por lo del nombre o por preferencia particular —y vaya si eso no es contagioso— a Tomás Imás le gustaba tanto la rima como la aliteración.)

En resumen, casi todo lo que decía se dirigía al mismo fin: 1) salvar del infierno al que se dejara; 2) comer caliente a lo menos una vez por día. Como se especializaba a trabajar con la raza la cosa se veía más que segura. Pocos de la raza se dejaban salvar pero casi todos nos daban de comer, algo que, al fin y al cabo, no es ninguna novedad. La raza resolvió el gran problema de la vida hace mucho: no niegues comida ni albergo ni ayuda y sálvese el que pueda, amén. Resulta que el jueves después del entierro yo iba rumbo al solar de doña Panchita, pala en mano para cubrir el pozo que habían hecho Bruno Cano y Melitón Burnias. Pozo, como ya se ha dicho, en el cual Cano murió de un infarto. El tiempo estaba entre si llovía o no, razón por la cual el calorón no se disipaba. Como tenía todo el día para cubrir el pozo me iba saludando por aquí y por allí y sin prisa cuando divisé a Edelmiro Pompa hablando con un señor. Un fuereño como todavía decimos en el valle. Vestido de traje negro, camisa blanca de botón, sin corbata y con sombrero de petate, estaba conversando con Edelmiro y al llegar a ellos oí que el fuereño decía " . . . bien, así que tú crecer, tú ver lo importante del educación" o algo así y, para acabarla, con acento americano. El aspecto del fuereño era chicano pero el habla y ese modo de estarse de pie sin cruzar los brazos o sin estar con las manos en la cintura lo señalaba como no perteneciente de allí. Edelmiro no decía nada y sólo se le quedaba viendo al fuereño y así estaban cuando le saludé a Pompa chico. Éste movió la cabeza y con los labios, señaló al otro. El fuereño me tendió la mano y dijo: "Servidor del Señor y suyo, Tomás Imás. Yo ser predicador del Señor".

—Cho gusto . . . (tendida de mano.) Jehu Malacara.

—¿Dónde ir tú con ese pala, jovencito?

—Voy a cubrir un pozo.

—¿De un persona muerto?

—Si viera que sí, pero el muerto no está en ese pozo.

—Oh, perdón, yo no entender.

—Pues es algo larga la historia y un tanto enredada, ¿sabe? ¿Usted no estuvo ayer por aquí?

—Oh, sí, cómo no, yo estar aquí. Y yo mucho sorprendido por no poder ver gente hasta la noche.

—Bueno, eso se debió al entierro, ¿verdá, Edelmiro?

—Sí; aquí Jehu y yo la hicimos de monaguillos.

—¿Quién morir, jóvenes?

—Un señor que se llamaba Bruno Cano.

—El dueño de la matanza La Barca de Oro.

—¿Y dónde vivir su afligida esposa?

—No, ésa ya murió hace mucho, ¿verdá, Jehu?

—Es lo que dicen, yo apenas llevo unos meses aquí.

—Ah; ¿dónde trabajar tú?

—Con don Pedro Zamudio.

—El cura (aquí Edelmiro).

—¿El cura del pueblo?

—Bueno, sí, el de la misión.

—Yo también trabajar los viñedos del Señor.

—¿Es usté cura?

—No, yo ser hermano predicador.

—¿Es usté aleluya?

—Shsta, h'mbre, no seas tan bruto, Edelmiro.

—¿Pos qué tiene que ver?

—Yo ser predicador de la palabra providencial perpetua.

—Es aleluya, Jehu.

—¿Conque tú ser monaguillo, eh?

—Sí, entre otras cosas porque también hago mandados, barro en las tiendas y le intelejo a lo de las maromas.

—¿Tú no tener padres, entonces?

—No, pero tengo parientes y conocidos.

—Jovencito, yo pasar un otro día más aquí y después yo ir a Klail City. ¿Tú querer ser mi ayudante en el trabajo de abrir almas a la alabanza y el conocimiento del Santo Señor? . . . No tener que responder ahora. Tú seguir tu trabajo y puedes me decir mañana viernes.

—No sé . . . pero a ver qué pasa entre hoy y mañana.

—Bien.

(Entre tanto, Edelmiro interrumpe: "¿Quieres un *ride*? Te puedo pompear hasta que doña Panchita".)

—Juega . . . Ah, hermano . . .

—¿Favor?

—Ahí lo veo.

—Oh, sí; adiós.

—Oye, ¿cómo dijo ese señor que se llamaba? ¿Más y más?

—Algo así, ¿no?

—Que no sepa don Pedro que anduviste hablando con un aleluya porque . . .

—En otro tiempo, ahora no. Ahora anda pensando en cómo
rayárselas a todos los que vayan a misa el domingo.

—¿Por lo de ayer?

—¿Pos qué crees?

—Jijo, pero cómo había gente, ¿eh?

—No, no tiene ni qué, a ustedes los de Flora les encanta el
pedo. Pero ya verán cómo los pondrá don Pedro el domingo . . .
Oye, ¿en cuál misa quieres servir?

—No sé. Tú dirás.

—Yo voy a estar en las de las seis, siete y ocho, me desayuno
a las nueve y le sigo a las diez y de ahí a la alta.

—Mira, allí está doña Panchita . . . A ver qué dice . . . Oye,
antes de que se me olvide, ¿me pones en las misas de ocho y nueve
y luego en la alta?

—Ta bien y ya sabes, necesitamos dos más pa la alta . . . Buenos días, doña Panchita.

—Muy buenos, criaturas. ¿Qué hacen por acá?

—Ya ve, aquí está la pala.

—¿Y te trajiste ayudante, Jehu?

—No; me dio un *ride* nomás.

—Si quieres te ayudo.

—No, está bien.

—No tengo más que hacer, ¿sabes?

—¿Dónde va, doña Panchita?

—Al tendajo, hijo; voy a comprar toronjil. Vuelvo más tarde,
hijos, quédense con Dios.

—Adiós, doña Panchita.

—Adiós, doña Panchita.

—Bueno, pala, aquí estamos.

—Mira, te ayudo un rato y después nos vamos a bañar al río,
¿qué tal?

—No, no sé . . . tengo que hacer esto, ya ves.

—Pos dale ya y así que te canses te sigo yo, ¿eh?

—Ta bien.

—Jijo, ya viene el calorón otra vez.
—No sigas más, ya te cansaste, ¿verdá?
—Sí, si está pelón.
—A ver, ¿cómo vamos? . . . pos casi la mitad, tú.
—Ándale, Jehu, vámonos a nadar.
—Ta bueno, h'mbre, vamos a dejarlo un rato.
—Eso.

El trabajo dejado por hacer y la ida al río con Edelmiro Pompa hicieron que me fuera con el hermano Imás: no cubrí el pozo como debía y Anacleta Villalobos, la hija de don Jacobo, el Alacrán, se quebró la pierna.

Anacleta, cuarentona, seca y buscadora de novio había ido a visitar a doña Panchita la sobandera para ver qué había de nuevo en las hojas de té: si novio o esperanzas o calabazas. Iría la Cleta con los ojos en el futuro porque lo que era el pozo, no lo vio. No lo vio, no lo vio y, ¡riata, vieja flaca! se cayó la tonta y por poco se estrella como un huevo.

—¡Señor, pero qué costalazo se dio la Cleta!

No tardaron en contarme lo ocurrido. Volvíamos del río a eso de las ocho de la noche cuando alguien me atajó: "Te anda buscando don Pedro. La Cleta se quebró una pierna en el pozo de Bruno Cano . . . " Sin decir media palabra le entregué la pala a Edelmiro y empecé a poner tierra de por medio hasta llegar al puente que estaba en la salida de la carretera Flora-Klail City; allí, debajo del puente, me eché a dormir y a esperar un nuevo día.

Así que Dios amaneció el día siguiente, el viernes, me senté debajo de un árbol canelón a esperar al hermano Imás. Había dicho que se iría a Klail y si así era, pues, tenía que cruzar el puente, eso no tenía ni qué . . .

Dicho y hecho, antes del mediodía lo divisé y cuando llegó a mí le dije que estaba listo para el viaje. Se me quedó viendo un rato y luego extrajo dos naranjas ombligonas de un morralito que llevaba atado al espinazo. Todavía sin hablar, me dio una y empezamos a pelarlas y a andar en ese claro día del mes de julio, dejando así una huella de cáscaras saliendo de Flora rumbo a Klail.

—¿Jehu?

—¿Sí, hermano?

—En nombre sea de Dios.

—Así sea.

RAYANDO EL SOL

El vals *Paloma mensajera vuela y dile (a la que amando espe-ro)* del maestro Olivares tiene la mismísima tonada que dos de los himnos favoritos del hermano Imás, a saber, *Inocente pastor cuida a tu rebaño* y *Pon tu mano sacra en esa llaga.* Éstos, los himnos, se hallaban en las páginas 37 y 43 de un librito titulado *His Holy Hymns,* publicado por la casa Biechner Publishers de Oshkosh, Wisconsin. El hermano Imás tenía 16 copias del ejemplar así como otros tres libros que llevaba atados con un cedal número cuatro. Estos libros eran *El Nuevo Testamento,* traducido al español por ABC Translators, Inc., también de Oshkosh; el *Doce Césares* de Suetonio en *paperback;* y, *Poco a poco,* el libro segundo de gramática para escuelas primarias. Todo esto, y más, cabía en el morralito que llevaba en el espinazo; el día que empecé con él sacó todavía otro morral y así los dos íbamos cargados con libros, naranjas ombligonas y unas quesaderas que le habían regalado en Flora.

Nos comimos las sendas ombligonas y seguimos el paso a Klail. En ese tiempo, el hermano tendría unos treinta años, quizá unos pocos más, y vivía con la cara y las manos bien tostadas por el sol. A veces se calaba el sombrero de petate y a veces lo llevaba en la mano usándolo como abanico; meses más tarde supe que en el invierno llevaba una gorra de aviador que tapan las orejas. Tenía dos pares de pantalones, ambos negros, y tres camisas blancas a rayas, dos de manga corta y la otra de media manga que, a decir verdad, en un tiempo había sido de manga larga. El saco era bastante ligero y de algodón color oscuro también. De calzado usaba lo que llamamos viboreros, unos zapatos con doble suela, gruesos y pesados que llegan hasta el tobillo.

Lo mío no era tanto. Zapatos que usaba sólo cuando era necesario, un pantalón kaki de salir y uno de mezclilla azul, dos de las camisas eran de estilo polo y la tercera era regalo de don Pedro: una blanca de manga larga que usaba en los velorios y casamientos. Ninguno de los dos llevábamos calcetines.

A Klail llegamos esa noche sin novedad y la andada de Flora a Klail City sirvió para conocernos uno al otro. Al hermano le conté bastante poco de mi vida pero ahora, años después, reconozco que supo mucho más de lo que sospeché. De su parte, me contó su vida casi hasta el momento; supe más acerca de él años después cuando el destino nos volvió a juntar. (Aquí se habla antes de que perdiera la pierna derecha a causa de un piquete de víbora cascabel.)

El hermano Imás era chicano nacido en Albion, Michigan. Sus abuelos, naturales de Parras, Coahuila, emigraron a EEUU igual que muchos otros de la raza lo hicieron durante los años de la Revolución. Se vinieron con familia hecha, según el hermano, y se plantaron primero en Texas, luego en Illinois y de ahí a Michigan. Con el tiempo andando, la familia después de muchos años de trabajo en el Midwest se volvió a Chicago, propiamente al barrio la Garra donde han nacido y muerto tantos chicanos, y así que los hijos crecieron, se casaron y se separaron del calor del hogar (aquí el hermano), la familia empezó a desparramar chicuelines por donde quiera. El padre del hermano Imás se casó y vivió primero en Albion, después en Saginaw, luego otra vez al sur de Kalamazoo y Marshall (y a donde hubiera trabajo, ¡qué caray!) y, por fin, a Albion donde nació Tomás, hijo único en familia con siete mujeres. El hermano vendió y repartió periódicos en Albion igual que cualquier chico que tuviera bicicleta y así pasó su juventud en ese pueblito michiganense. Contó que no aprendió a hablar español de chico aunque sí lo entendía bastante bien por oírlo en casa y en casa de otras familias mexicanas en Albion y los alrededores. Su padre dejó de trabajar en los campos (el pepino, la uva, la *cherry,* el betabel) y le entró a lo de la construcción; le dio por lo de electricista y a fuer de empeño se consiguió una chamba con la Auto-Lite de Bay City después con la Chevrolet Steering Gear de Saginaw y, al fin, en su propio negocito en Albion donde habían estado años antes.

El hermano Imás no asomó las narices en ninguna iglesia hasta los diez y siete años cumplidos: se enlistó en el ejército y me lo mandaron a Fort Custer, allí en Michigan, y lo hicieron jurar defender el país y la constitución en una de esas barracas que el ejército, cuando se le antoja, hace llamarlas capillas y en un dos por tres se convierten en Casas del Señor.

Los dos años y pico de servicio los pasó parte en Custer y parte en Fort Benjamin Harrison, que queda al norte de Indianapolis, Indiana, donde, según el hermano, había muchas iglesias y más de doscientas casas de prostitución. Dato que, a decir verdad, no dejó de sorprenderme. Allí, según él, le entró la religión cuando se hizo amigo de dos jóvenes mormones que trabajaban en los barrios negros de Indianapolis.

Al licenciarse del ejército se fue a Dearborn, Mich., como aprendiz de soldador con la Ford; entre tanto quiso hacerse mormón pero lo dejó por los pentescosteces que andaban bastante bravos allí en Dearborn. Por esas cosas que pasan, también dejó el aprendizaje y entonces empezó a asistir a los servicios de los pentescosteces hasta que un buen día volvió a Albion donde avisó que se iba al sur a vender biblias.

Viajó por las dos Carolinas y Virginias, por Kentucky y Tennessee y Georgia. En Georgia se enamoró pero no hubo casorio. Después de este suceso le entró más fuerte lo de la religión, según él, y de Atlanta tomó sus biblias y un autobús para Montgomery, Alabama, donde se topó con un predicador que se encontraba en la estación de autobuses. Hablaron de esto y aquello con el resultado de que el hermano se dio cuenta que en Racine, Wisconsin, había una escuela para evangélicos. Se estuvo en Montgomery cosa de dos semanas y de nuevo empacó las biblias que le sobraban, compró un giro postal y volvió parte del dinero y las biblias restantes a la casa de la cual era agente. Hecho y arreglado el asunto, el hermano estaba dispuesto para volverse a Albion. Pasó un mes entero en casa de sus padres y al fin del tiempo les dejó saber que tomaba un autobús a Racine para empezar la vida nueva de Tomás Imás, víctima e inocente amante de Dios, como decía él. (Todo esto en inglés que, a veces, suena bastante bien.) El hermano nunca contó la reacción de sus padres aunque tampoco hay que pensar que faltaba amor en esa casa.

Empezó sus estudios y lo que trataron de enseñarle: hacer bien, ayudar al caído, no molestar gente, amar al prójimo como a sí mismo y como a Dios, etcétera, etcétera, ya lo sabía porque lo venía viviendo por dos o tres años y ya sospechaba de por sí que la bondad salía ganando como dijo el Señor pero, recordando también, que uno tenía que espabilarse, como también dijo el Señor aunque no, sabido es, en esas mismas palabras; es mucha verdad esa de que el espíritu de la letra es lo que cuenta.

Dejó la escuela antes del año aunque muy agradecido por el tiempo dispensado . . . Durante sus estudios aprendió español a manos de unos americanos que cosecharon tanto sol como cansancio en su trabajo evangelical.

Después de una docena de años en Belken County se volvió la pareja al norte, a Wisconsin precisamente, donde se encontraba la sede de la más bien pequeña secta luterana de la Wisconsin Synod. La pareja, pues, se dedicó a la enseñanza de predicadores; ellos ya habían laborado bastante y ahora les tocaba a otros que se lidiaran con la raza del Valle. El hermano Imás aprendió su encantador español allí, y lo primero que hizo fue volver a Albion para hablar en español con sus padres. El hermano contó que los viejos quedaron encantados. No hay por qué dudarlo; yo también me quedé de una pieza la primera vez que le oí.

Parte de nuestra primera plática fue bajo unos huisaches espesos que daban sombra y fresco en contra del sol veraniego de Belken que casi derretía las calles de chapapote. La otra parte de la conversa fue en el camino que se hizo completamente a pie —el hermano nunca levantó la mano para pedir un *ride*. Cuando nos conocimos bien a bien, y casi al separarnos, el hermano dijo que ese primer día no pidió *rides* para ver cuán resistente era yo para la caminata. Como no me había rajado parece que le caí bien y, en gran parte, ayudó a nuestra amistad hasta que él decidió, por su cuenta, irse de Klail para instalarse en Jonesville-on-the-River donde, muchos años después, perdió la pierna derecha, como ya se dijo.

Esa noche buscamos y hallamos alojamiento en el garaje del señor Villalpando que tenía un cuarto donde guardaba llantas usadas. Allí nos sentamos el hermano y yo esa noche y empezamos a comernos parte de las quesaderas. Al fin de la comilona, el hermano empezó a canturrear el vals del desaparecido Néstor Olivarez y cuando le seguí la tonada el hermano se sorprendió:

—¿Pero, Jehu, tu conocer el *Inocente pastor?*

—¿Qué es eso?

—El himno, Jehu, el himno tan parecido a *Pon tu mano sacra en esa llaga.*

—No, hermano; se equivoca usted, ¿sabe? Lo que usté y yo canturreábamos era el vals de la *Paloma mensajera.*

—Oh, no, Jehu . . .

—Oh, sí, hermano . . . si lo conozco requetebién; mi papá lo tocaba en el acordeón.

—¿Tu papá ser músico, Jehu?

—No, hermano . . . fue labrador. Tocaba el acordeón, sí, pero era lírico, ¿entiende?

—¿Lírico?

—Eso, lírico . . . No sabía leer notas pero tocaba todo lo que oía.

—¿Y tú decir que ese canción es un vals de un paloma?

—En efecto, hermano, si hasta en un tiempo llegué a saber toda la letra.

—Es raro . . .

—Puede ser pero no tiene ni qué, el vals sigue siendo el mismo.

—Yo aprender ese vals en la escuela evangélica. Aprenderlo de Mr. and Mrs. Edmundsen.

—¿La pareja que le enseñó a hablar español?

—La mismo.

—Ah, pues entonces no tiene ni qué: si pasaron tantos años por acá como usted dice, lo que hicieron fue tomar la música del maestro Olivarez.

—Oh, ellos no tomar nada.

—Bueno, como usted quiera, hermano; vamos a suponer que la pidieron prestada y que le pusieron otra letra.

—Letra sagrado, Jehu, que estar en el provecho del hombre.

—Puede ser.

—Bueno, Jehu, ¡qué bueno! Así tú conocer el canción tú poder cantar los himnos junto conmigo.

—¿Ahora mismo, hermano?

—Bueno, si nosotros no molestar.

—No, aquí no molestamos a nadie a no ser que a las llantas.

—Es verdad, Jehu. Bueno, abre el libro a la página treinta y siete y después a la página cuarenta y tres. ¿Listo?

—Sale.

Pues señor, nos pusimos a cantar y a veces le hacía segunda y a veces le entraba a la melodía. El caso fue que le cobré gusto a los himnos y le propuse enseñarle el *Tantum Ergo* en latín y uno en español, el *Alzo mi voz para alabarte* tan querido de don Pedro Zamudio. El hermano nunca decía que no y le enseñé esos y otros más durante el tiempo que pasamos en Klail City.

Cuando el hermano hablaba conmigo no usaba tanta rima ni tanta aliteración como cuando hablaba en público. Nunca me explicó (y tampoco le pregunté) por qué hablaba así ante el público pero pienso que sería para traer y luego retener la atención del distinguido. Eso sí, lo de la pronunciación seguía tan única como natural.

La noche esa la pasamos cantando y concertamos en que el día siguiente iríamos a ver a don Manuel, el Empleao, y así no habría problemas con la ley. Le expliqué al hermano que como yo había trabajado en Klail con las maromas varias veces ya habría gente que me conocía. Como no dijo nada le seguí y luego le dije que yo tenía buena memoria y que si quería enseñarme rezos o lo que fuera yo se los aprendería y los daría en discurso. Esto sí le gustó y dijo que muy bien que mañana sería otro día y que empezaríamos a trabajar los viñedos del Señor.

—Jehu, en nombre del Señor, reposar bien.

—Así sea, hermano.

—Amén.

UN POCO DE TODO

En Klail City todavía hay uno de esos parques públicos de una manzana entera con su quiosco en el centro. El parque tiene cuatro entradas y está enfrente de la estación de trenes. Los trenes corren de vez en cuando y se llevan los productos agrícolas de la región. Los bolillos (como casi nunca salen de noche) no van al parque a andar o a platicar. La raza, sí, y como el aire es libre, el que no se divierte es porque no quiere.

El parque también sirve para que los políticos vengan a echar sus discursos y allí, una vez y en otra vida, yo, Rafa Buenrostro y el menor de los Murillo, fuimos a ver qué veíamos y a oír qué oíamos cuando Big Foot Parkinson se presentó como candidato a *sheriff* por Belken County.

En la barbería de los Chagos se decía que Big Foot apenas sabía leer y escribir; que era más pesado que una cerca de nogal; que los Cooke, los Blanchard ricos y los Klail lo controlaban; que la carne de la barbacoa que se daba en las juntas políticas estaba podrida; que no era más bruto porque no era más viejo; que era un caguías; y, así, otras cosas más por el mismo estilo.

Polín Tapia, el pintor, también era coyote en la corte del condado y, de consecuencia, se metía en la política. Con el tiempo se hizo dueño de una Underwood portátil en la cual escribía discursos políticos en español para los bolillos que entraban a la política. La raza oía a cualquier cabrón leer algo en español y luego se ponía a decir que el Míster Tal y Tal hablaba español y que se había criado con la raza, y que conocía a la raza, y que apreciaba a la raza, y etcétera, etcétera.

El Big Foot había ocupado a Polín durante esa temporada poco antes de que hablara en el parque. El Big Foot todavía se dedicaba a hablar solamente durante las barbacoas. Hasta ese tiempo el Polín, como explicaba, no le había escrito los discursos. Era más bien su consejero. Como contaba en la barbería: "Yo le dije que no se le olvidara de mencionar que estaba casado con chicana".

—Sí, Polín, pero en la última barbacoa el muy bruto contó ce por be y se emboló todo.

—¿A poco tú le escribiste el discurso, Polín?

—Les digo que no. Le aconsejé nada más.

—Pero qué arrojo de pelao, ¿eh?

—No, lo que yo digo: después de Dios, el gringo para inventar cosas.

—Eso, chingao.

—Bien haya el Big Foot.

—Pero qué metidota de pata hizo el domingo pasado.

—¿Y qué dirían los bolillos?

—Lo de siempre: que no valemos un sorbete.

—N'hombre, ¿que qué dirían del Big Foot?

—Ah, pos que es muy bruto, ¿qué más van a decir?

El choteo y la plática se siguieron por mucho tiempo hasta que los Chagos anunciaron que iban a cerrar temprano para ir al parque a oír a Big Foot ya que se estrenaba esa misma noche.

—Claro, dijo alguien, como Polín le está aconsejando, ahora lo va a hacer bien.

—No te creas. El Foot es causa perdida; no tiene remedio.

—A ver, muchachos, hay que cerrar. Jehu, ponte a barrer. Así que acabes, apaga las luces y no se te olvide de atrancar la puerta del lado. Ya sabes, pones las llaves en el clavo.

—Sí, Jehu, ten cuidado; no se te olvide que tenemos el candidato a cherife en Klail.

—Eso, chingao.

—¡Y qué candidato!

Por fin se cansaron de relajar y cogiendo la escoba me puse a barrer el cuartito y a pensar otra vez en el rancho de don Celso Villalón. Exprimí las toallas, lavé las navajas y sequé las copas del jabón para la rasura. Antes de que acabara llegó Rafa Buenrostro y juntos nos fuimos al parque donde la gente ya se estaba aglomerando.

—¿Nos echamos una raspa?

—Juega. Mira, allí está el menor. Llámalo.

—¡Eit, menor! Vente pa acá. Ándale.

—Una de fresa, maistro.

—A mí de leche. ¡Córrele, menor!

—¿Y cuándo llegaron?

—Apenas ahorita. ¿Quieres?

—¿Cómo que si quieres? Así no se invita, ¿verdá, Rafa?

—Bueno, menor, ¿quieres o no quieres?

—Sí, venga la raspa.

—¿Qué color quieres, hijo?

—De limón, maistro.

—Yo pago.

—Maistro, ¿ha visto a don Celso Villalón?

—Que yo sepa, no ha llegado.

—¿Pa qué lo quieres? ¿A poco te vas de cabrero?

—No sé. Eso de coimear con el tío Andrés ta bien y el barrendeo con los Chagos también, pero no sé . . . quiero volver a Relámpago.

—No te vayas, Jehú.

—Vale más . . . desde que murió don Víctor no me encuentro bien . . . un poco desganao, ¿sabes?

— . . .

—Y tú Rafa, ¿qué piensas?

—No sé, Jehú. Ta pelón.

—Verdad . . .

—Eh, vénganse ya . . . Jehú, vi a Mague Farías allá con su amá.

—No hagas pedo, menor.

Las palmeras que rodeaban el parque atajaban las estrellas y el brillo de la luna. Llevábamos tres días de lluvia después de las sequías del verano y se prometía un otoño más fresco de lo natural. La gente se juntaba en grupitos aquí y allí y los chicos correteaban que era un encanto.

Nosotros andábamos pisando los trece o catorce años y esperábamos la entrada al *high school* como quien entraba en campo enemigo. Los tiempos iban cambiando pero la gente como el tipo de Big Foot seguía en las mismas . . .

De vez en cuando se ponía alguien de pie y hablaba. La gente oía y aplaudía automáticamente. Después otro y lo mismo. Y así, sucesivamente.

El menor había desaparecido para volver con Mague Farías a donde estábamos Rafa y yo. Rafa se hizo un lado y como siempre, sin decir nada le tendió la mano a Mague. Rafa me vio y con los ojos me dijo que se iba. Le meneé la cabeza y se quedó. El menor volvió a desaparecer y esta vez se trajo a Fani Olmedo para Rafa. Los veo más tarde, dijo el menor.

Y así, los cuatro, nos pusimos a andar . . .

Allá por los naranjales, aunque lejos del parque, todavía se podía oír el murmullo de la gente y las voces de los políticos por medio de la bocina eléctrica.

Cuando volvimos por fin le tocaba la hora a Big Foot y nos tocó oír la parte cuando pensaba granjearse con la raza:

—Yo casar primera vez con mujer jacana pero ella voy por murio.

(Aplausos)

—Yo volver casar y yo casar otra vez mujer jacana y ella voy por murio.

(Más aplausos)

El Big Foot seguía a la carga:

—Yo casar tercer vez con mujer jacana y ella tamién voy por murio.

Aquí, siempre y, sin fallar, venía el choteo:

—¡Las estarás matando de hambre, animal!

—Es que no te aguantan, colorao!

—¡Te apesta la boca!

La raza comprada y vendida aplaudía y hacía *sh, sh,* para mostrar que ellos, a lo menos, eran educados.

El Big Foot, impasible, seguía con sus hazañas e inventos . . .

Por fin llegó la hora de irse y me despedí de Mague. Yo todavía andaba algo resentido por la parada que me había hecho la semana pasada: no vino al parque y me anduve solo alrededor del parque hasta cerca de la una.

La decisión de irme al rancho de don Celso Villalón la tomé esa misma noche y así fue que al día siguiente trabajé en lo de mi tío Andrés y con los Chagos por la última vez.

A Rafa lo veía en la *high* y la desgracia del año entrante nos juntó de nuevo cuando su familia se vino a pasar una temporada en el rancho de don Celso: había matado a don Jesús Buenrostro mientras dormía y su hermano don Julián, casi se volvió loco de rabia. A las tres semanas dicen que todavía estaba medio loco hasta que vinieron los dos hermanos Vilches que estuvieron hablando con él hasta la madrugada. Al día siguiente, sin avisarle a nadie, don Julián, solo, cruzó el río en busca de los que habían matado a su hermano.

Volvió a poco más de mes y parecía un hombre que estaba en paz con todo el mundo.

A Rafa le tocó estar allí la noche de las cabras, cuando nació Celsito, el nieto de don Celso viejo.

El Big Foot salió como *sheriff.* No tenía contrincante.

CON MI TÍO ANDRÉS: EN LA JUGADA

Así que el hermano Imás decidió irse a Jonesville-on-the-River, yo elegí quedarme en Klail y así fue que mi tío Andrés me ocupó en su jugada.

Mi tío fumaba poco y tomaba menos y si tenía vicios sería el de sembrar hijos a diestra y siniestra, vamos, de derecha a izquierda y sin darle mayor importancia de dónde apareciera la mujer. Su esposa, mi tía Aureliana, era mal sufrida (condición que no ayudó a su carácter) y, claro, no se llevaban bien. En el tiempo de que hablo, los dos debían tener sus cincuenta y pico de años y si no había demasiado amor por lo menos había un entendimiento más o menos estable.

Mi tío Andrés era dueño de una jugada en el callejón de la calle Hidalgo. No era, como se dice, dueño en activo; él no se estaba detrás del mostrador mojando trapos para borrar las marcas que los jugadores de dominó hacían en la tabla con el gis. No. Mi tío Andrés se pasaba el día, es un decir, en busca de falda. Amén de testimonio también hubo y hay evidencia de que más de una vez dio con la falda, el vestido, la enagua, etcétera.

No se vendía mucha cerveza y para cuidar del local tenía un hijo ilegítimo, mi primo Félix Champión que trabajaba de día y a Damacio Loera que trabajaba de noche.

Allí en ese lugar que se hizo cantina (con otro nombre y con otro dueño) unos veinte años más tarde, Ernesto Tamez vino a romper un espejo de 6x6 durante un pedo que duró tres días con sus noches. Polín Tapia había pintado una mujer bien encuerada y el botellazo de Tamez rompió el espejo y la dama. Así que Tamez rompió el espejo, Lucas Barrón, el Chorreao, saltó el mostrador y le dio tal revezaso que me lo mandó debajo de las mesas; Tamez no se levantó y se quedó súpito hasta que vinieron sus hermanos. El que llegó primero fue Emilio el chueco que quiso ponerse duro. El Chorreao cogió la escoba y ¡zas, cabrón! llévate eso pa que no te vayas solo. Desde ahí Emilio quedó sordo del oído izquierdo.

Luego vino Joaquín el mayor; vio la condición del espejo y sin decir media palabra le saludó a Lucas de mano y se llevó a los hermanos.

Al mes, Polín Tapia pintaba el retrato de otra mujer bien encuerada en el espejo que pagó Joaquín Tamez. Esta vez, la del espejo se parecía mucho a la güera Fira, mujer fina y puta seria.

El lugar de mi tío Andrés se llamaba El Oasis, y en efecto, había dos jugadas: la de enfrente donde se jugaba dominó y la de atrás —la seria— donde jugaban paco, malilla platicada, trecillo y la treinta y una. En esta última no había ruido ni mitote: allí se iba a jugar y los juegos, ya es sabido, son cosa seria. La primera jugada era de ruido (indicación de que no se perdía ni se ganaba mucho dinero) y quizá para unos ésa era la más divertida. La otra, la seria, también era divertida y tendía a ser más a mi gusto. (Don Víctor Peláez no se cansaba de decirme que había muchas vidas. Esta nueva vida mía, la de coime, no estaba mal.)

Andando. Yo, pues, trabajaba las dos jugadas de coime y aunque prefería la segunda, pasaba más tiempo en la primera, la de los alborotes. Eso no se debía a predilección sino más bien a que había más negocio. Por ejemplo, cuando se terminaba una mano de paco o de malilla, me llamaba el ganador y me daba la parte de la casa —esos juegos duraban media hora o más, a veces—. Embolsaba la lana y empezaba el juego nuevo. En la treinta y una se coimeaba cada vez que el jugador ganaba tres juegos y no tenían que ser consecutivos. En la de dominó los juegos eran más rápidos y uno estaba en la colecta de dinero suelto con más frecuencia. El dinero, pues, caía sin parar.

Se jugaba allí como si se estuviera en casa: la policía no molestaba. Es más, don Manuel Guzmán, el policía del barrio, no tenía par en el paco, en el conquián, en el póker americano o en lo que saliera. Don Manuel jugaba allí de seguido o si no en la jugada de Indalecio Vira, el Trastazo (así se le llamaba a la jugada que no a Indalecio).

La gente jugaba en paz: allí no había viejas ni música. A la cantina se iba a hablar, a echarse de la madre, a relajar, a chotear y a estar fuera del sol. En fin, era cosa de hombres.

En las noches que no había mucho movimiento me juntaba con Rafa Buenrostro o con el menor de los Murillo; seguí allí hasta que me fui al rancho de don Celso Villalón. Creo que me fui de la jugada no a consecuencia de que don Manuel quería colocarme en casa de los Torres sino por las meras ganas de no vivir como intruso.

El día que me fui divisé a mi tío Juan Briones, el esposo de mi tía Chedes. Andaba repartiendo hielo en las casas de comercio y domicilio en Klail y le dejé saber que me iba con don Celso. También le pedí que le avisara a la tía Chedes.

—Ta bien, Jehu. ¿Y vuelves a Relámpago, entonces?

—No sé . . . éste . . . dígale que estoy bien. ¿Y Vicky y los primos?

—En las mismas, ya sabes.

—Bueno, gusto de saludarle y hasta más ver.

—Sí, hasta más ver.

PARTE II

NOTAS DE KLAIL CITY Y SUS ALREDEDORES

1

La casa de putas más grande en todo Belken County está en Flora, como debe suponerse. En Flora hay gente para todo: la chicanada que vive allí es de lo más agringado que hay y aunque la bolillada los aplasta y no cuenta con la raza para nada, los chicanos de Flora siguen en las suyas y como si tal cosa.

De los pueblos de Belken, Flora es el más nuevo: tendrá apenas unos setenta años; nació ayer, como quien dice, y no le llega a la rodilla en vejez a Relámpago, a Jonesville-on-the-River o a Klail mismo. Sin embargo, los bolillos y la raza (cada quien en su lugar y por su lado) son iguales de mitoteros y será por eso que Flora no se parece tanto a los otros pueblos de Belken County. Un buen ejemplo es su casa de putas. Putas hay y ha habido ¡qué caray! pero los de Flora creen que ellos las inventaron. Para compensar, tal vez, en Flora también hay más iglesias *(per capita)* que en ningún otro pueblo del condado. Así van las cosas.

Don Manuel Guzmán, policía del barrio chicano de Klail City, se encontraba con unos amigos en la banca de la esquina de la calle Hidalgo una medianoche en el mes de diciembre cuando apareció una negrita llamada Julie que estaba de puta en Flora. La Julie con paso corto y voz apagada vino y le dijo a don Manuel:

Mist Manyul, I done shot Sonny . . .
Shoot 'n kill him, Mist Manyul.

Don Manuel que entendía inglés bien aunque no lo hablara tanto cuchicheó con la Julie un buen rato hasta que le abrió la puerta del carro donde la joven se montó y se puso a esperar mientras que don Manuel volvía a la banca donde se encontraban Leal, Echevarría y Genaro Castañeda, conocidos y viejos amigos del ex revolucionario.

—¿Qué? ¿Se va?
—Sí . . . ya ven. Los veo aquí más tarde o en que el Chorreao.
—¿Qué hay?

—Pos casi nada . . . dizque mató a su esposo . . . en Flora . . . en que María Lara.

—¿Trabaja en la casa de María?

—Sí . . . pero vive aquí en Klail . . . yo le conseguí cuarto cerca del Rebaje.

—Ajá. ¿Y qué pasaría? ¿No le entregó bastante dinero al padrote, o qué?

—Puede ser . . . no le pregunté mucho y creo que mejor es no menearle . . .

—Es verdad . . .

—Ah, ya sé quién es esta muchacha . . . el hombre trabajaba en el tren . . . el Sonny mentado que juega con el Sox de Flora . . . primera base.

—¿A poco no sabía que la mujer trabajaba enquesé María?

—No, pos de saber sí sabía . . . ya llevan como cinco-seis años de casados . . .

—O de vivir juntos y pegados.

—O arrimados.

—O lo que sea, qué chingaos.

—¿Sería cosa de borrachera?

—A poco.

—¿Por qué no?

—¿Qué . . . le sacó navaja el Sonny?

—Fue lo que dice . . .

—¿Cómo haría para venirse a Klail desde Flora?

—Dice que en el *busline,* fíjense.

—¡Qué ovarios de mujer!

—¿Y qué va a hacer ahora, don Manuel?

—Pos horita me la llevo al bote y a ver si mañana la llevo a Flora. Allá mató al hombre y por ahora deben andar buscándola . . . en estos casos lo mejor es que esté sola y que llore o duerma en paz que bastante tendrá que hacer mañana . . . Bueno, ahí los veo.

Con esto, don Manuel Guzmán hombre de acción y de buen corazón para con sus amigos y los caídos, se montó en su propio carrito que usaba como policía del barrio chicano de Klail.

We goin' ta jail, Mist Manyul?
—*Yes.*
—*I din mean todo it, Mist Manyul. I din mean to kill Son . . .*
you know that, Mist Manyul? But I kill him . . . O, I shot that man
. . . I say, San, don't you do it . . . I say, Son, you back off now, you
hear? Bul he din back off none . . . He din'n I shot him . . . got him
in the chest I did 'n he plop down on the bed there . . . I kill Son,
Mist Manyul an' you know that no one come to the room when I
shot him? . . . O, I shot him and killed him, Mist Manyul . . . He
was drunk . . . all out drunk Sonny was and then Ijustupenshotim
. . . Ya takin me ta Flora jail, Mist Manyul?
—*Takin' you to Klail City jail, Julie.*
—*O thank you, Mist Manyul. I don't want to go to no Flora jail*
tonight, no I don' . . . You takin' me there tomorrow? That it, Mist
Manyul?
—*Yes . . . tomorrow . . . one of my sons will bring you hot cof-*
fee tomorrow morning and then I take you to Flora.
—*Thank you, Mist Manyul . . . I won' cry no more . . . I up 'n*
shot that man and he dead and he deserve it . . . he say gonna cut
me an' I say you back off, Sonny, back off . . . don' come over to
here, Sonny, but he did and then I did . . . Mist Manyul, can I go to
the bathroom now?
—*There's a bowl in the room.*
—*O thank you, Mist Manyul.*

Don Manuel le abrió la puerta a la Julie y la condujo a la cárcel de la ciudad que no a la del condado. Había dos presos por
borrachos y ni cuenta se dieron cuando don Manuel depositó a
Julie en su celda que daba a la calle.

—*You want cigarettes?*
—*O, I don' smoke none, Mist Manyul, thank you.*
—*I will see you in the morning.*

Don Manuel Guzmán volvió a la esquina y como los viejos
amigos no se daban por allí, dobló a la izquierda y se fue rumbo a

la cantina del Chorreao; allí estarían esperándolo como siempre para que los llevara a sus casas también como siempre.

Mañana por la mañana después de darle café a la negrita se la llevaría a Flora y de paso se iría a la casa de putas de María Lara para ver qué lograba saber del caso.

Él y María se conocían por más de cuarenta años y aunque algo hubo entre ellos allá por los tiempos cuando ambos estaban de hebra, lo que los juntaba ahora era la amistad de tantos años como así la procedencia; ambos habían nacido en el rancho Campacuás que todavía está allí con su iglesia hecha cenizas a tres millas de Klail como quien va a Relámpago.

Don Manuel ve a los ancianos y se sienta con ellos mientras espera que Rafa Buenrostro le traiga su café negro.

—¿En qué estaban?

—En lo mismo ya sabe . . .

—Muchacho, bájale a esa música que los vecinos se quejan del ruido.

—Sí, don Manuel.

—Voy a estar en la esquina, cuando quieran un aventón me avisan.

Los viejitos le dan las gracias, como siempre, y don Manuel se sale a andar por esas calles de Klail City, uno de tantos pueblos en el condado de Belken en el Valle del Río Grande de Texas.

2–3

Estas dos partes de . . . *Notas de Klail City y sus alrededores,* II, se incluyen aquí porque salieron como el sarampión: primero calentura, luego comezón seguida por la erupción y no porque el que escribe ya había previsto que aquí cupieran. Es más —4—, —5— y —6— se escribieron primero; luego vino —1— y, ahora —2—, —3—. Uno desconoce de dónde ha de saltar el conejo diablo de la escritura y tampoco sabe cuándo va a salir. Por otra parte, uno tampoco puede precisar el número exacto de las vidas de Rafa Buenrostro y es por eso (quizá) que aquí salga otra de sus vidas así como ya apareció aun otra todavía en *Una vida de Rafa Buenrostro* que se ve en *Estampas del Valle y otras obras.*

Cuando nos pasaron del North Ward (la escuela de la raza) al Memorial Junior High nos encontramos con que había unos chicanos que habían asistido al South Ward (la escuela de la bolillada). Estos, "los desposeídos" como les llamaba Jehu Malacara, hablaban mejor inglés que uno pero ni siquiera sabían defenderse, e.g., en las aulas o en el recreo. Nosotros los del North Ward (como sabíamos quiénes éramos y qué éramos) exigíamos *footballs* tan buenos como los que les daban a la bolillada; cuando no nos los daba el joto que se encargaba de repartirlos, uno tenía que agenciárselo por sí solo: cuando se oía el grito de ARREBATE PALOMILLA, entonces ¡cuídense cabrones que ahí vamos! El *assistant coach,* no pendejo, veía cuáles de la raza éramos los arrojados y entonces iba y hablaba con uno: *Say, boy, howja lak to play seventh-grade football?*

Unos decíamos que sí otros que no . . . a la raza del South Ward, claro, como eran mansitos, no les pedían que salieran para el equipo del Seventh.

Al joto que pasaba las pelotas y los guantes le decían la Betty Grable. Sería por el pelo güero o por los modos jotingos o por las dos cosas pero lo que más peseta caía era que en los días cuando salíamos a jugar, nos trataba de joder dándonos las sobras: pelotas y guantes viejos, y, para acabarla, los daba de mala gana.

Como siguió con las mismas chingaderas durante el segundo semestre, Chale Villalón le dijo que se arreglara o a ver dónde se metía. La Betty Grable alzó las cejas y luego le dio la espalda a Chale . . . Nunca lo hubiera hecho.

Esta vez expulsaron al Chale por dos semanas pero de allí en adelante la Betty Grable se portaba mejor en aquello del *first come first served.*

Conce Guerrero era una de las chicanitas del South Ward y supe que había asistido allí porque era rancherita. Era de Relámpago. La mayoría de los chicanos del South Ward eran del mismo Klail pero no vivían en los barrios chicanos como el Pueblo Mexicano, el Rebaje, el Rincón del Diablo, la Ladrillera, la Colonia, el Cantarranas y el Mesquitito. Vivían en barrio chicano que no tenía nombre y de ahí que Jehu Malacara les nombrara "los desposeídos".

Cuando le pregunté a Conce si había conocido a los padres de Jehu allá en Relámpago, se puso colorada y no hallaba qué decir. Su papá tenía una tienda y cuando los padres de Jehu se murieron uno tras otro, dejaron debiendo una cuenta . . . Seguramente el viejo Guerrero se quejaba en casa del dinero perdido . . . si Jehu hubiera sabido del caso no sé qué habría hecho de coraje o de vergüenza pero, como para eso son los amigos, no le dije nada y le dejé saber a la Guerrerito que si quería ser mi novia que no anduviera en chismes.

De la raza sólo a Chale Villalón le dieron chamarra de *football* con sus iniciales KC color morado. A Jehu, al menor de los Murillo y a mí nos dieron sólo las letras; dijeron que no habíamos jugado lo bastante. A pesar de todo el palabreo, nosotros nos fijamos en que toda la bolillada (hasta la Betty Grable) sacó su chaqueta de *football.*

El año siguiente no quisimos jugar y el *coach* tuvo que ir a las clases varias veces para convencernos. Por fin salimos y ese año toda la raza que jugó sacó chamarra, qué chingaos.

El maestro del *shop* era buena gente pero no valía sorbete. Una primavera que fuimos en una excursión uno de los bolillos le robó las llaves y otro hizo como que se desmayó.

Casi toda la raza tenía jale después de la escuela pero no nos rajamos. Faltaría media hora para las cuatro cuando de repente resultaron las llaves y el desmayado volvió en sí . . . entonces le dijimos al viejo que le sumiera la bota porque si no, llegaríamos tarde al trabajo.

—*Don't worry, boys, we'll make it in time.*

Pero no; se fregó una llanta a tres millas de Klail y la raza se puso a correr cada quien a donde tuviera jale.

Cuando primero llegamos a la Memorial Junior High, veíamos que la raza de la Senior High se sentaba en los escalones del auditorio; también notábamos que no era toda la raza, sólo los del North Ward; cuando pasamos al Senior High, heredamos los mismos escalones. No era que no se admitiera a la raza del South Ward pero esos tenían miedo (quizá vergüenza) de hablar español.

Cuando empezaron a volver los veteranos de la segunda guerra mundial, luego luego la palomilla quería irse al Army, a la Navy o al Marine Corps. Como en este país hay para todos, Corea vino en unos cinco años y allí, para no volver, cayeron David "el tío"; el Riche; Pepe Vielma; y Chale Villalón entre otros . . .

Una vez fuimos Cayo Díaz y yo al cementerio militar cerca de Seúl. Nos llevamos la caja de Pabst Blue Ribbon que nos daban cada semana; desde la fecha no he podido tomar un trago de esa marca.

Hablando de Corea . . . una de las chambas chingonas que nos tocó a Cayo Díaz, a Balderas y a mí fue la de la pesca de muertos: después de las batallas de artillería que duraban dos-tres días, botaban a los muertos en los ríos que iban al sur. Allí, mezclados los nuestros y los de ellos, al día siguiente, o ayporay, se les veía flotando dándose cabezazos unos a los otros.

En la chamba chingona uno tenía que estacionarse en los puentes de pontón, palo en mano, a esperar que flotaran hasta uno. Los palos esos se parecían a los *pole vaults* y lo que hacíamos era ensártalos en el fondo del río para detener o enganchar a los cuerpos de los muertos:

—*Hey! It's one of theirs!*

—*Let it go . . .*

—*Hey, Sarge, over here . . . this one's ours.*

—*Okay, Balderas, just hold him till I cut the dog tag . . . there . . . okay, let him go.*

Después de cierto tiempo a la palomilla se le pasaba el miedo y luego el respeto y entonces nos poníamos a apostar para ver cuál turno coleccionaba más *dog tags*.

Nunca pregunté (y tampoco quise saber) a dónde irían a parar los cuerpos. Hay veces que todavía (de repente) me acuerdo de ciertos nombres: Poulter, Harkness, Gómez, Blair, Reese, Olivarez . . .

"Ta pelón, cuñao".

La pelotera que armamos Cayo, Balderas y yo en el R&R en Kobe fue poco después de la chamba chingona.

Hablando se entiende la gente, sí, pero también hablando se acuerda uno de chingaderas que han pasado. Lo que todavía duele es que Chale Villalón tuvo que salirse de la High School por la *practice jersey* que se robó para luego ir o morir en Corea en el servicio de su pinche patria.

La única vez que vi que Jehu Malacara se empelotara fue cuando íbamos en el segundo año de secundaria. Ella se llamaba Emilia Monroy y tenía un hermano cuerda, el David.

Lo curioso del caso era que Jehu y David se llevaban bien.

Un abril, la Emilia y su hermano se fueron con sus padres a Minnesota, al betabel. Se fueron para no volver aunque ese, quizá, no hubiera sido el plan. Acá, en Klail, Jehu Malacara sufrió lo bastante para no quemarse con otra novia en los dos años que le restaban de *High School.*

De los muchos que conocí en el North Ward y en la *High,* el único que se fue de cura fue Gualberto Ornelas, un gordito que bailaba muy bien. A su papá le mochó la pierna el tren cuando el accidente aquel en Flora. El señor se hizo dulcero y a veces yo y Jehu les ayudábamos a él y a Gualberto con los calabazates, los de biznaga, los de leche quemada, los pirulís y los de coco.

Un buen día vinieron unos curas en un carrazo negro y la mamá de Gualberto se puso a llorar. De ahí en adelante el viejo Ornelas hacía todo el trabajo con su mujer y de vez en cuando los divisaba en los juegos de pelota o en las carreras.

Perdí de vista al Gualberto Ornelas hasta años más tarde cuando estaba para ordenarse como padre y yo estaba detrás del mostrador en la cantina del Chorreao; a no ser como el padre Pedro Zamudio, de Flora, pensé que pasarían muchos años para que Gualberto se entrara en cualquier cantina para echarse una cerveza fría.

Cuando se acababa la escuela americana en mayo (y si los padres de uno no salían pa'l norte era porque se quedaban pa'l algodón) uno estaba seguro de pizcar algodón dos meses y de ir un mes a la escuela mexicana del señor Bazán . . . MEXICANOS AL GRITO DE GUERRA . . .

—A ver, Rafa, ¿qué hace el gallo?

—El gallo caca . . .

(¡Zas! en la mano con el carrizo.)

—¿Cómo?

—Que el gallo cacarea, profesor.

—Bueno. Menor, ¿qué hace la gallina?

—Pos, pone huevos . . .

—¿Cómo que pospone huevos?

—¿Cloquea?

—Eso, cloquea . . . A ver, Jehu, ¿y el perro?

—El perro gruñe y ladra.

(y muerde, pendejo.) (Sí, muerde, y la tuya también, cabrón.)

—¿Eh? ¿Qué pasa? ¿Quién habla?

(nos veremos después de la escuela.) (¡Cuándo quieras!)

—¡Silencio! Ahora, con las tablas . . . empecemos: dos por dos son cuatro; tres por tres nueve; cuatro por cuatro dieciséis . . .

—Ahora el deletreo: ele u ene a, luna . . . eme o ene o, mono.

—Bien. Ahora leamos en voz alta. Todo mundo. Ándenle:

El hombre es un individuo

¿género?	*¡Homo!*
¿familia?	*¡hominidae!*
¿clase?	*¡mamalia!*

El hombre se difiere de los otros animales especialmente
en su desarrollo mental extraordinario.

—Bueno, ahora todos de pie . . .

MEXICANOS AL GRITO DE GUERRA

—Muy bien, hijos. Ahora pueden irse . . .

—¡La más grande el que no cruce el río!

Con ese grito todo mundo se encueraba y se echaba al río. Mi hermano Ismael nadaba mejor que nadie y una vez salvó a Pepe Vielma cuando a éste le dio un calambre. Seríamos unos quince esa tarde y nadie se rajó cuando volvimos al pueblo.

En una ocasión nadábamos en el canal grande cuando el menor de los Murillo se topó con un ahogado. El menor iba a subirse a la orilla para luego echar un clavado desde la compuerta cuando se rozó con el muerto; era un muchacho de Klail City que se había huido de la casa.

En otra ocasión, cuando nadábamos cerca del fuste, vimos el cuerpo de un señor medio comido por las catanes.

Y luego preguntaba uno que por qué nos fajaban cuando íbamos a nadar sin permiso . . .

Cuando se es joven o chico y tiene pocos compromisos, no hay cosa mejor que ir a una boda chicana de rancho. Allí, gente, hay y se vale de todo: música, cerveza mexicana y americana, cabrito, baile, bulla y chicanitas chulas, chulas, chulísimas. Cuando se casó una pareja de Relámpago, mi padre nos llevó porque él había pedido a la novia en nombre de mi primo, Obdulio Yáñez, la caballona.

Me topé con Conce Guerrero y nos fuimos al bordo agarrados de la mano. No pasó nada pero como llegamos demasiado tarde según su mamá, me la regañaron bien regañada y yo, haciéndome pendejo, disimulé y me volví a la boda.

Por mucho tiempo ni quería ver a Conce hasta que un día que andaba con papá en el rancho del Carmen me fui andando hasta llegar al mero Relámpago y pedí entrada en casa de la Guerrerito; su mamá me dejó entrar y hablar y le expliqué que anduvimos por el bordo y que eso había sido todo. La señora me dijo que ella bien sabía que no había pasado nada.

A la semana mi papá me contó que doña Modesta Guerrero, hablando de mí, le dijo: "Don Jesús, aquí estuvo Rafa la semana pasada. Se portó como los meros hombrecitos".

Mi papá no me preguntó nada y como no le ofrecí explicación sonrió a su manera y me dijo: "Déjate de pendejadas y ve lo que haces . . . "

4

Hoy, en un día como tantos, el padre Efraín y nosotros, la gente del barrio, sepultamos a Epigmenio Salazar en el cementerio mexicano de Klail. El Epigmenio fue marido fiel (a su manera, según él), padre de familia (de Yolanda, la esposa de Arturo Leyva, el contador) y hombre recto (cuando se lo permitía la hernia). Todo esto, quizá, lo colocaría su yerno al lado derecho, el haber. El hombre no trabajó un sólo día desde su casamiento con doña Candelaria Mungía de Salazar. También fue sinvergüenzón, chismoso y gorrón. Esto, sin duda, cabría en lado del débit.

Hace mucho tiempo, en la política internacional, figuraba entre los partidarios fijos del Eje; especialmente allá por 1940-1942 cuando a los Aliados no les iba tan bien. Su fe en la suerte del Eje fue tanta que titubeó entre ponerle Rommel o Kesselring a su nietecito durante el bautizo hasta que don Efraín, el cura de turno, le puso pare al asunto en la pila misma:

—¡Pónganle nombre cristiano a la criatura! ¿Qué es eso de nombres de herejes?

—El Eje, don Efraín; no herejes.

—No metas la pata más de lo necesario, Epigmenio.

—¿Y qué tal Adolfo?

—¿Como el *fuehrer?*

—Eso.

—Santo Dios en su cielo . . . A ver, ustedes, Arturo o Yolanda, ¿qué dicen?

—Pónganle Arturo Junior, como a su papá.

—No abras la boca, Epigmenio.

Y Epigmenio no la abrió pero, con el tiempo, se las amanó: él llamaba Rommel al nietecito y éste, que no salió memo, atendía a ese nombre cuando lo llamaba su abuelo:

—A ver, Rommel, ve a cruzar la calle y tráeme *La Prensa* o acércate, Rommel, que quiero contarte un chiste del perico o bien, repórtate, Rommel, si no, no te llevo a las vistas.

El Arturo Junior le llevó el pulso a su abuelo por mucho tiempo y, por fin, como sucede muchas veces, quedaron muy amigos. Lo de Rommel nunca desapareció porque así lo llamábamos en la escuela y en la calle. Dicho sea en verdad, el nombre de Rommel le cuadraba que ni qué: si en su aspecto físico no se parecía al mariscal de campo a lo menos tenía la cara y la nariz de zorro y al crecer el chico y al llegar al desarrollo se pudo ver bien a bien que el abuelo no iba muy descaminado.

Como noticiero del barrio no tenía par. Por Epigmenio se supo lo que por fin pasó entre el cocinero del Fénix y la chica de la farmacia, misterio que había ocupado a la chicanada de Klail City por corto tiempo. Pasó que el cocinero se rajó y se fue para Bascom, según unos y, según otros, a Ruffing que dizque a trabajar en el café The Palm Garden donde dejaban entrar a la raza. La chica, de bochorno, se había ido "pa'l norte"; la gente decía otra cosa: está preñada y fue a tener la cría en Jonesville-on-the-River donde tiene parientes, etcétera. La verdad fue que verdaderamente se había ido al norte, a trabajar con una hermana. La chica estaba chapada a la antigua y así que rompió con el cocinero del Fénix ni modo: "Me llamo andana y no vuelvo hasta más tarde si es que vuelva, ¿estamos?" Así fue, ni más ni menos. La chica tenía su pundonor y tanto que, de seguro, el cocinero no consiguió absolutamente nada.

El primero en absolver el honor de la chica fue Epigmenio; ahora tampoco menoscabría decir que él también fue el que rodó la primera bola del embarazo. Como decía Epigmenio: "Al enterarme de la situación hice lo que haría cualquier general, rectifiqué de línea". Epigmenio tenía razón, tampoco mucha, aunque sí es verdad que, en este caso, rectificar suena mucho mejor que peerse pa dentro.

De lo que no hablaba Epigmenio era de su señora esposa, doña Candelaria Mungía de Salazar, por mal nombre la Turca, ella estaba al tanto de todo: la casa, la comida, las rentas, el presupuesto y la contabilidad. Lo sobrante, que bien visto era poco, se lo traspasaba a Epigmenio.

Cuando se bajó a Epigmenio a tierra y los hermanos Garrido empezaron a cubrirlo de tierra, doña Candelaria hizo detener la caja; cogió un puñado de tierra y le dijo a Epigmenio: Es un día precioso con el cielo despejado y ni esperanzas de lluvia; no digas que no te fue bien, Epigmenio.

Doña Cande soltó el puñado como si fueran ascuas y ordenó: "Eh, tú, Cayetano Garrido, me lo cubres bien, ¿sabes?"

Todo eso fue allá, afuera, para la gente. Acá, adentro, en su casa, doña Candelaria supo llorar amargamente porque, también a su manera, supo amar a *mi huevón,* como sólo ella en este mundo llamaba a Epigmenio.

5

11 de abril de 1920
Mi querido Manuel:

Te escribo estas cuantas líneas para dejarte saber que estamos bien gracias a Dios salvo un catarro que otro y necedades de los niños que nunca faltan.

—El sargento Buitrón dice que nos montemos de nuevo.
—Pos si te dijo eso, el muy hijo de su chingada madre debe estar loco.

Aquí lo que sí hay de novedad es la influenza española. Ha pegado en los dos lados del río y tengo que decirte que de pura suerte hasta ahora hemos salido bien. La pobre gente dice que la influenza empezó por un castigo de Dios a causa de la Revolución conque ya te puedes imaginar el dineral que un sinvergüenza o dos van a hacer a costa de la raza creída.

—¿Qué? ¿le digo al sargento que se rajan?
—No seas más pendejo de lo que eres, Remigio. Te hicieron cabo para que te callaras la boca y no pa que anduvieras dando órdenes, ¡qué chingaos!
—¿No oyen la balacera? Allí está de nuevo . . . ándenle, a los caballos otra vez.
—Qué móntense ni qué palotes . . . que se monten los del lado . . . míralos, allí están descansando . . .
—¿A mí qué? . . . Son cosas del sargento, ¡qué chingaos!
—A ver, Manuel, háblales tú a éstos.

Bien sabes que el único doctor que tenemos en Klail City es el Webber mentado y ya sabes que la raza va a tener que cuidarse de por sí —te estás riendo, ¿verdad?—. Sí. Te puedo oír. Cuidarse de por sí —si eso es lo que siempre hemos hecho, Josefa—. Te estoy oyendo, Manuel.

Yo le digo a la gente que eche aceite y petróleo o gasolina en los charcos de agua para quemar los zancudos pero una tiene que andar tras la gente cada rato. A Amadeo lo mandé a Relámpago para ver cómo estaba tu mamá. Si lo vieras, Manuel, Amadeo se te está pareciendo más y más. Hasta me pongo a creer que va a ser tan alto como tú.

—¿Qué? ¿No se da cuenta Buitrón de la chinga que hemos llevado? Hemos dado tres ataques de frente y de los veinte aquí quedamos once o diez porque lo que es Báez de esa cama no se levanta. Mira cómo tiene las piernas; el de la Cruz Roja dice que no tiene remedio.

—A ver, Manuel, háblales tú. Éstos te siguen. Diles que monten y montan. Háblales, hombre.

Por aquí cayeron unos bolillos diciendo que van a sembrar naranjos y toronjos. Les dije que así que volvieras del otro lado que hablaran contigo. Uno de ellos se defiende bastante bien en español, y el otro, un chaparrito de pelo colorado, no hace más que sonreír y menear la cabeza. Te diré que como han vuelto dos otras veces y ellos con las mismas, pues yo también y de ahí no salimos.

—Bien haya, muchachos. Lo hicieron bien. ¡Qué digo bien! ¡Lo hicieron requetebién!

—¡Cállate la boca, Remigio! Y a todo esto, ¿dónde chingaos estabas tú? Nosotros llegamos hasta los andenes de la estación y no te vimos.

—Pos no me vieron porque no se fijaron.

—Sí; como si no tuviéramos más que hacer . . . buscándote a ti . . . bonita idea hija de la chingada.

—Digan lo que quieran yo andaba allí.

—Pos ni sudado estás . . .

—Eso, ni se te nota.

—Ya, déjenlo que a cabo con tanta alegata no llegamos a nada.

—Manuel, Manuel, vente pacá . . . éste . . . se murió Báez, ¿sabes?

—Ya estaría . . .

—Sí, el de la Cruz Roja se trajo a un doctor y nada . . . ya ves.

—Sí; bueno, ahorita que vuelva Remigio se lo dices.

—¿Qué? ¿Crees que daremos otro ataque?

—No, creo que no. Los del otro partido se van rajando . . . yo vi muchos fusiles abandonados.

—Oye, yo también . . . extraño, ¿verdá?

Con las enfermedades y todo parece que la cosecha del algodón será bien poca. Vamos llegando a los principios de mayo y los capullos apenas van creciendo —si es que crezcan y lleguen a reventar—. Falta sol. Con las lluvias y todo lo que han traído los zancudos, las cosas se ven algo malas pero ya sabes . . . hemos salido de peores situaciones y saldremos de ésta.

No te molestes por nosotros que vamos bien. Amadeo, ya te dije, está en Relámpago. Clarita está aquí conmigo y le manda muchos besos a su papá. De mi parte te diré que quiero verte y que pienso mucho en ti. Dios quiera y recibas esta carta pronto. Voy a hacer que pasen la carta por el río hasta Matamoros para ver si la recibes más pronto. Como verás en el sobre te la mando a tu dirección del campamento en el Distrito Fed.

Tu mujer
Josefa

—Por fin, ¿cuántas bajas?

—Ocho, mi sargento, con seis heridos y otros tres dispersos.

—¿Y eso?

—Pos no sé, mi sargento. Dispersos, ya sabe.

—A ver, llama a Manuel Guzmán.
—¿Y a ese pa qué?
—¿Y eso a usté qué le importa cabo Remigio Garcés?
—No, nada, mi sargento.
—¡Andando!
—Sí, señor, sí.

El sargento Leónides Buitrón le entregó una carta al soldado Manuel Guzmán el 10 de mayo de 1920 en Aljibes, Puebla. Ciudadano norteamericano como lo habían sido sus padres y sus abuelos, Manuel Guzmán, como tantos otros, se encontraba en las filas del general Sánchez que, en ese tiempo y después, apoyó a Obregón.

En otra ocasión se contó que Manuel Guzmán llegó a conocer al sonorense quien lo hizo nombrar oficial primero de carceleros en Lecumberri.

6

—¡Sale pa Indiana! ¡La Del Monte sale pa Indiana! Se paga la salida, se paga la ida y se paga la vuelta. Estamos pagando a uno noveintaicinco l'hora, y damos *time and a half* después de cincuenta horas. ¡Sale pa Indiana!

Estamos en el mes de agosto en el condado de Belken y la pizca de algodón se está acabando. Las naranjas y las toronjas no estarán listas hasta diciembre. Éstas se estiran de los árboles desde diciembre hasta marzo, y si hay suerte y no hiela, hasta abril. Pero, por lo que toca de agosto a diciembre, la cosa se pone tan pelona como una calavera a no ser que . . .

—¿Qué? ¿Salimos pa Indiana como anuncia el Güero Cáscara o nos quedamos a mondonguear hasta diciembre?

—¡Chinches, dijo Chencho y se fue pa Rocky Dell debiéndole dinero al Chino y cogidas a su mujer!

—¡A Indiana se ha dicho!

—¿Y ustedes cómo se van?

—Pos de aquí a Texarkana después a Poplar Bluff, Misuri y de allí a Kankakee; ya saben, una vez en Kankakee o le tiramos rumbo a Monon, Indiana, o a Reynolds o a Kentland que de jale, jale hay. ¿Y ustedes?

—Creo que nos vamos por Texarkana también; lo único es que le zacateo a los caminos de Arkansas.

—Dicen que ya los compusieron.

—No . . . si es lo que dicen cada año y después a la hora de la hora, no, y allí va uno en el troque por esos caminos angostos . . . no, si pa caminos angostos ya tenemos a Illinois y a Indiana de muestra.

—También es verdá pero no creas, ya Arkansas tiene una ruta bruta de ancha y casi tan buena como las de Texas.

—Qué bendición de caminos tenemos en este estado . . . lástima que sea tan pinche mi Texas . . .

—¡A Michigan! ¡A Michigan! ¿Quién se arranca a Michigan? La Big Buddy Cucumber, raza . . . la pepinera Big Buddy paga a usted y a su familia todo el transporte. Ofrecemos casas con piso de cemento, techo y con agua corriente. ¡Sale pa Michigan!

—Que no se te olvide bordear las ventanas, 'Niceto.

—Ta bien, nomás no me repeles . . . ándale.

—¡Sale pa'l norte! ¡Leocadio Gavira paga todo! ¡Se promete y se cumple! Prometemos volver para diciembre o poco antes pa estar aquí para la pizca de la naranja. ¡Sale!

—¿Y con quién van a dejar las llaves este año?

—Pos con don Manuel Guzmán, ¿con quién más?

—¿Y la escuela?

—Pos todavía no empieza . . . los metemos allá en Indiana y al volver en diciembre pos los metemos acá otra vez.

—Las muchachas ya deben estar haciendo gorras pa'l sol y orejeras pa'l frío porque ya sabes cómo se pone pa allá.

—Ni me lo recuerdes.

—¿Y ustedes?

—Nosotros nos iremos con Pete Leyva.

—Es un hombre bueno y se porta bien pero hay que cuidarlo a veces.

—Sí, ya sé, pero éste ya se empeñó a que fuera Pete Leyva con quien nos íbamos y con él nos vamos.

—No digo nada malo de él . . . además el Pete se para en los parques públicos y allí se está mejor.

—También es verdá.

—¿Y ustedes?

—Nosotros nos vamos con Gavira.

—*El Rápido de Oklahoma.*

—Ese mero . . .

—El mismo . . .

—Pos ya lo conocemos . . .

—¡Necesito ayudante que sepa inglés! ¡Se paga al contado, se da cuarto y comida! ¡Que sepa inglés y que ayude con el manejo del mueble! . . . ¡tiene que tener licencia para manejar! ¡Se paga bien!

—Así que tengas tiempo le pasas el martillo a los Cardona.

—Te oigo.

—¡Niños! ¡A volar! ¡Píntense de aquí y no molesten! ¡Sálgan-
se del sol!

—Lo que les digo, hay que prepararse bien a bien. El entendimiento se hace aquí, en el Valle, no allá, en el norte.

—Eso es lo que digo yo . . .

—Y yo . . .

—Eso, porque si no, entonces te la enhueran hasta enero o
febrero . . .

—No vaya a ser como el año pasado . . .

—Esta vez la mochamos en diciembre y a volver se ha dicho.

—¡Juega!

—¿Y ustedes?

—No sabemos todavía, puede que con la Del Monte . . . pero
por ahora no sabemos si vamos a Indiana o a Michigan.

—¿Y a Ohio no?

—Puede que sí o puede que no.

—¿Y ustedes?

7

"What is it you want, down there?"
"Need some help . . . you the pharmacist?"
"Yeah, I'll be right down."

"Who is it, John?"
"Mexicans, I think."
"Are they sick or what?"
"Now how in the world am I supposed to know that?"
"Keep your voice down, John."
"Oh, Christ . . . Where's the other shoe?"
"There, by the dresser . . . What time is it anyway?"
"Look at the night stand there . . . four a.m. . . . hey, down there, I'll be right down."

—Tengo hambre, tú.
—Y yo . . . pero tenemos que atender a esto, ya sabes.
—Oye, ¿cuánto nos queda?
—Pos después de los veinte al juez . . . once; once dólares exactos . . .
—Y ahora esto . . .
—No te fijes . . . el tanque está lleno . . . tengo bastante pa' otro y en el camino nos comemos las dos barras de pan . . .

"Okay folks, what will it be?"
"My Name is Rivas and this is my wife . . . We're here to see about the two bodies in the wreck . . . "
"Oh, you're here about that . . . You the son-in-law?"
"Yes, and I might as well tell you right off: I got eleven dollars and I need all but two or three . . . "
"That's okay . . . did the JP charge you anything?"

"Yes: he took twenty. We paid the air freight for the bodies already. Can we see them?"

"Yeh, sure. Oh, I'm sorry, ma'm . . . forgot about the cold . . . come on in . . . here, let me get the light . . . there . . . okay now, right through here . . . "

—Ay, Teo no quiero verlos . . .

"What'd she say?"
"Say she doesn't want to see the bodies."
"Yeah, I can understand that."

—Teo, yo me quedo acá.

"She staying there?"
"That's what she says . . . "
"Okay . . . here, follow me . . . Now, how you going to get the bodies over to Colorado Springs?"
"In the pickup . . . "
"Can't do that . . . "
"Oh?
"It's the law, see?"
"Yes, well . . . how much is it?"
"It's more'n eleven, I'll clue you . . . "
"Yes . . . Well, can I pay you later? By money order?"
"Well, I guess so . . . sure . . . here, here's my name and address."
"Thank you. You'll get your money. Want to shake?"
"Sure thing . . . "

—Despiértate, mujer. ¿Qué tal?
—Ay, tengo un frío . . .
—Hijo . . . ¿verdad?
—¿Y cuándo llegan los cuerpos, tú?

—Mañana por la tarde . . . Ángel los va a recoger en el *airport* . . . Bueno, vámonos ya.

—Oye, ¿se portó bien el de la farmacia?

—Sí . . . todo está arreglado . . . y tengo los once todavía . . .

—¿Cómo estarán los niños? Fíjate que es la primera vez que pienso en ellos desde que llegamos . . .

—Me lo puedo imaginar . . . como quiera que sea, bastante teníamos que hacer tú y yo cuando llegamos . . . Y no te preocupes . . . están bien y están bien cuidados . . . a ver, pásame el mapa ese . . .

"Want to sign right here?"

"Sure . . . "

"Thanks . . . Say . . . these relatives of yours?"

"No . . . they're some people killed in a wreck a couple of days ago . . . "

"Oh, they're from out of town?"

"Migrants."

"Migrants?"

"Yeah, Mexicans from Texas up here for the harvest . . . "

"I see . . . "

"Yeah . . . "

"Well'p see you . . . "

"Right, sure . . . "

—Pos si le damos de un tirón llegamos esta noche . . . tarde . . . pero llegamos . . . ¿qué dices . . . compro queso pa'l camino?

—No . . . con el pan 'ta bueno . . . no vaya a ser que necesitemos el dinero por el camino . . .

—Bueno . . .

—En el nombre sea de Dios . . .

—Sí . . . en el nombre sea de Dios . . . pa' lo que les sirvió a tu apá y a tu amá . . .

—Teo . . . ¿en qué parte de Misuri nos van a esperar?

—En Sedalia . . . está en la ruta 65 . . .

—¿Y nos esperan?

—Sí, h'mbre . . . p's llevan a los niños . . .
—¿Cómo estarán?
—Bien . . . no te preocupes . . . ¿Qué, ya estás lista?
—Sí, creo que sí . . .
—Bueno, ahora sí dile adiós a Cheyenne Wells, Colorado.
—En el nombre sea de Dios . . .

"Hey, John, you get your Mexicans off okay?"
"Yeah . . . I imagine they're on their way by now."
"Man, that was some wreck . . . "
"Yeah, sure was . . . Hey, did the couple leave yesterday?"
"Guess so. Old man Fikes got twenty out of them for the death certificate when they showed up . . . "
"Yeah, I know . . . he had eleven on him when he came by my place . . . woke up the wife and me . . . "
"Yeah, I know, we sent 'em over . . . You charge 'em much?"
"No . . . I didn't . . . I didn't charge 'em a thing."
"Well, you can't squeeze blood as the say . . . "
"The way he grabbed my hand he probably could . . . "
"Hey, how about that? That's a good one, John . . . "
"Yeah . . . See you, Dave . . . "
"Right, John."

Los señores Esteban y Dorotea Múzquiz de Bascom, Texas, (Belken County) se mataron mientras pasaban por Cheyenne Wells, Colorado, rumbo al norte del estado. La camioneta se volcó en una curva en la ruta 385 y el matrimonio murió en el impacto. Los familiares que vinieron a recogerlos fueron su hija, Claudia, y el yerno, Teodoro Rivas. Éstos iban con destino a Mankato, Minnesota, cuando el accidente. Por medio de la cédula de identificación se les dio noticia a los parientes en Texas y éstos llamaron al campo migratorio en Tulsa donde habían parado los Rivas. Cuando Teodoro y Claudia juntaron lo que pudieron para el viaje a Cheyenne Wells, quedaron en que se verían en Sedalia, Missouri, de allí en dos días . . .

8

—¿Conque usté es el señor Galindo?

—Sí, señor.

—Ya me habló don Manuel Guzmán de usté.

—Ajá.

—Y si en algo puedo servirle, nomás diga y a ver qué se puede hacer.

—P's muchas gracias. Lo primero que quiero es irme en su camión para el norte.

—¿Así, nomás? ¿de tirón?

—Sí, así nomás.

—Pues es bien poco . . . y, de mi parte, encantado . . . ya sabe.

—Bueno; éste, ¿a qué hora quiere que esté aquí?

—Verá usté . . . aquí precisamente no, más bien allá, en la gasolinera de los Almanza. ¿La conoce? . . . Bueno . . . allá estaremos a eso de las cuatro y media de la madrugada listos para arrancarnos. ¿Qué tal?

—Las cuatro y media . . . bien . . . y muchas gracias. Allí nos veremos, señor Gavira.

—A sus órdenes, ya sabe.

A base de esa corta conversación, P. Galindo, natural de San Pedro y vecino de Klail City, se lanzó nuevamente a las carreteras y a los campos con la gente.

P. Galindo cuenta con treinta y seis años de edad lo que ocurrió hace cosa de ocho años casi exactos. Debido al tiempo y por esas cosas que pasan, varios de los personajes ya han muerto mientras otros siguen coleando todavía aunque no en las mismas aguas.

El que escribe, cuando era niño, creía a pies juntitos que todo el monte era de orégano, que todos los días eran viernes y que Dios había hecho al hombre a Su imagen y que el hombre, por su cuenta y como fiel espejo, sería igual a Dios. El que escribe, igual que el mundo, se ha pandeado varias veces y ya no cree en muchas cosas aunque, como en todo, ahora cree en otras; también piensa que ahora puede distinguir mejor. (No se habla de la prístina inocencia de la niñez; se habla de salir del cascarón y de toparse con el gallo que bien pudo ser el padre de uno o no; de salirse del cascarón y de piar por sí solo; de salirse del cascarón y espabilarse, etcétera . . . Esto, en fin, no es una parábola, es meramente la opinión responsable de que para conocer hay que hacerlo a ojo pelón sin escatimar lo bueno, lo malo o lo que salga. Así las cosas siguen contándose como son.)

Por eso de que no hay novedad bajo el sol, se explica que estas conversaciones, descripciones y notas que aparecen fueron, en primera vida, escritas (que no publicadas) en algo que había llamado *One Mexican's Michigan*. Se cambió de título, se hicieron varias enmiendas y ahora se incluyen en . . . *Notas de Klail City y sus alrededores, II,* porque aquí pertenecen.

Los viajes con el señor Gavira se escribieron en buena fe y por querer hacer memoria a cierta gente que figuró en una de las vidas del autor. No se escribieron al punto del acontecimiento porque ése no era ni su tiempo ni su lugar. Después pasó mucho tiempo y hubo varios motivos ridiculosamente personales, entre ellos, el de ganarse la vida en múltiples empleos que, en su mayoría, fueron tan inciertos como equivocados. También hubo otras menudencias que a bien pocos pudieran interesar o importar.

Estos viajes (que aunque parezca uno fueron dos por eso de la ida y la vuelta) son como la reconstrucción de una casa vieja que se quiera salvar, mejor, que se debe salvar: un poco aquí, un poco allá y todo hecho con aplicación. Aquí, en esta parte, apenas se trata del primer día de la ida. El propósito es uno muy personal: el que escribe esto (así como los que escriben otras cosas) teme olvidar algo que en un tiempo fue muy importante para él.

Octavio Romano, catedrático de la Universidad de California (Berkeley), cuenta que se fue a vivir a un pueblo oscuro de Belken County por un par de años; fue a formar parte íntegra del pueblo y que a raíz de esta experiencia, cambió, si no su vida, a lo menos la dirección de ella.

El que esto escribe también cree mucho en eso de cambiar de dirección (una de sus más nuevas creencias) y, quizá por eso, también cree que al hacerlo ha recobrado algo que, impensable e insensiblemente, iba gastando: el recuerdo de ser quién, qué y de dónde es.

—No . . . ya era usado . . . si viera que se lo compré a Paulino Saucedo chico. ¿Lo conoce?

—Lo conozco bien y mucho.

—¿Ustedes son de la misma camada?

—Casi . . . creo que me lleva con cuatro-cinco años . . . no pasa de ahí.

—Ah . . . ¿ve ese alambrito?

—¿Éste?

—Ese mero . . . bueno, me le jala un tantito y así se abre el cajoncito del *dashboard.* ¿No ve? . . . Ahora, meta la mano y a ver qué saca. ¿Son retratos, no?

—Sí . . . es uno de usted . . . ah, y aquí está otro con Paulino mismo . . . ¿quién es el que está con ustedes? Es un flaco que tiene el pelo quebrado.

—Ah, pos ese es Víctor Jara, el Pirulí. ¿No lo reconoce? A ver, fíjese atrás a ver qué dice. ¿No tiene fecha o algo así?

—Sí, está en lápiz y reza: P. Saucedo, Leocadio G. y Pirulín, con "ene".

—Sí, porque así lo escribe Jara mismo.

—¿Entonces no es Pirulí como le llaman?

—Sí que lo es pero a él le gusta el guato y va y le agrega la "ene"; es algo risión el Pirulí. ¿Pero de veras que usté no lo conoce?

—De vista, quizá.

—Pos con eso es todo, ¿no le parece?

—¿Quién sabe? . . . hay mucha gente y muchas cosas que van con la música por dentro.

—De eso no hay duda, señor Galindo. Tiene usté mucha razón. ¡Vaya que si la tiene! Eso hace acordarme de lo que le pasó al Pirulí en Princeville, Illinois . . . ¿Conoce el pueblo?

—No . . . ¿dónde queda?

—Los mapas lo ponen al sur de Peoría, Illinois, pero yo lo pondría en el quinto de los infiernos.

—Ah caray, ¿y eso?

—Pos por lo que usté decía, de eso de la música por dentro y por lo que allí pasó y cómo era . . . qué digo *era,* qué chingaos . . . que cómo es esa gente cabrona . . . usté perdone, Galindo . . .

—No, si no hay por qué . . . .

—Se agradece. A ver si un día le cuento de lo que nos pasó allí una temporada.

—Cuando quiera. Ya sabe que vengo de compañía.

—Y se agradece; sí, se agradece mucho. Casi siempre me traigo a alguien que sepa inglés o que me ayude en el manejo del mueble . . . ¿Usté ha manejado troques?

—No. ¿Hay mucha diferencia entre esto y un carro?

—Pos un troque es más pesado . . . bueno, eso usté lo sabe, ¡qué caray! pero lo que quiero decir es que con la gente y todo, hay que estar al alba, ¿sabe? Ponerse trucha y aguzao. Estar en todo y muy águila con las curvas, el pavimento, la lluvia cuando la hay, y así.

—¿Y un ayudante de quince o diez y seis años puede hacer el mismo tipo de trabajo?

—Pos no todos, eso es verdad, pero de repente sale uno que le pajuelea y le zumba tanto el aparato que parece que nació para troquero.

—Como en todas las cosas.

—Eso, sí señor, como en todas las cosas, tiene usté razón.

—Pero ahora me tiene a mí.

—Sí y a Balta Amejorado allá atrás. No se crea, pero usté sería bueno para la caminata, se le ve . . .

—¿En lo flaco?

—Da risa eso . . . en lo flaco. No, no crea . . . yo tengo buen ojo para la cosa y no se lo digo de canchola, ¿sabe?

—Pues cuando quiera que lo releve, señor Gavira, usted diga. Le diré que no tengo permiso para manejar camiones.

—Ta bien . . . se agradece, se agradece, y a ver si le pido una manita antes de llegar a Houston. Así que salgamos de Texas mañana le vuelvo a dejar tomar la guía otra vez en Arkansas; allí la policía no es tan mirona. Como nomás cruzamos una nalga de Misuri allí también puede tomarla pero primero yo tengo que entrar en el estado por aquello de que tienen que pesar el troque y revisar las llantas y las luces.

—¿Lo hacen cada vez en Misuri?

—Casi siempre y así planeamos el viaje. En la línea divisoria de Arkansas y Misuri, como quien va a Poplar Bluff, no hay pueblo en Arkansas pero sí un caserío en Misuri y allí nos paramos. La gente mea y come y los chicos juegan y vámonos de nuevo.

—¿Entonces no estamos mucho en Misuri?

—No . . . cosa de hora y media, dos . . . ayporay . . .

—¿Cruzamos en Cairo, Illinois?

—Allí mero. ¿Lo conoce?

—Sí . . . lo he cruzado por el lado de Kentucky también.

—Si viera que yo no conozco por allá, ¿qué tal es?

—Parecido a East Texas y a Cairo . . . mucho árbol . . . yo fui allá cuando iba al algodón en Memphis.

—Ah, yo conozco Memphis, Tenesí, y East Memphis. Arkansas . . . ¿Y lo de Kentucky?

—Eso fue en otra ocasión.

—Usté perdone.

—No . . . no hay por qué . . . era cosa del gobierno y con los contratistas del Valle.

—Don Manuel me dijo que usté estuvo en el ejército . . .

—Pues, sí, es verdad . . . pero eso fue en todavía otra ocasión.

—¿Usté conoció a Amadeo? ¿El hijo que le mataron allá en el Pacífico?

—Supe quién fue; era mayor que yo . . .

—¿Dónde íbamos? Ah, sí, los retratos . . . ¿No hay otros por allí?

—Sí . . . este de usted con el Pirulí y una señora que parece bolilla.

—Lo es . . . ella es la madama de un señor dueño de un tendajo que queda rumbo a Sikeston, Misuri . . . allí hacemos pare y
compramos galletas de soda, salchichón, queso, sodas, no falta qué
. . . a una milla o dos del lugar como quien va pa llá, hay un rótulo de R C Cola que dice: Bienbenidos Amigos Mexicanos . . .

—¿Así con dos bs?

—Eje . . . con dos bs . . . debe ser con b y v, ¿verdad?

—Correcto, sí señor.

—No les decía yo a los otros . . . Bueno, allí nos paramos y
como lo hacemos dos y a veces hasta tres o cuatro veces por año,
ya nos conocemos. El que tomó el retrato fue Jehu Malacara . . .
ese año lo traía de asistente . . . Es un muchacho espabilado y
carancho . . . ese muchacho conoce mucho mundo . . . Dicen que
se fue a la universidad y que no se ha vuelto a saber de él . . .
¿Usted lo conoce, Galindo?

—Sí, es de Relámpago.

—De esos meros . . .

—Es de la camada de Rafa Buenrostro.

—¿La de Julián?

—No, ése es Melchor. Rafa es o fue de don Jesús.

—El Quieto, sí; hombre cabal.

—¿Usted lo conoció?

—No muy bien, no, pero traté con él. Hombre muy recto el
Quieto, lástima . . . ¿Y usté no lo conoció, Galindo?

—De nombre más que de trato . . . conozco a don Julián.

—Y yo . . . ese también los tiene puestos o los tuvo porque ya
todos vamos pa viejos . . . ¿y usté, Galindo?, ¿cuántos tiene?

—Veintiocho . . .

—Yo ya no le rumbo un pedo a los sesenta . . . De veras.

—No parece.

—¿Verdá que no? Pero los siento. Créame. Los siento. Como
hoy por la madrugada . . . se le mete a uno la neblina de la mañana y ¡zas! el dolor . . . Ah . . . a lo del retrato . . . esa señora se llama
Numa Zena y la raza le llama Gumecinda. ¿Qué tal? ¿Le gusta el
cambio?

—Cómo no . . . de Numa Zena a Gumecinda es poco el paso.

—Eso es lo que digo yo, señor Galindo, eso es lo que digo yo: poco paso, ¡qué caray! Bueno, esa señora es la esposa del señor Bob o el Bob, a secas. Los precios son regulares y como hay una arboleda atrás del tendajito allí nos paramos al anochecer . . . en el regreso, no crea . . . porque por lo que toca en este viaje, no, porque estaremos allí una hora o dos o poco menos, ya verá. Pero de aquí a allá falta hoy, esta noche, y buena parte de mañana . . . La señora no es nada especial, no se crea, pero es buena gente que es lo que cuenta.

—Ya lo creo.

—Y yo . . . ¿Usted conoce esta ruta, no es así?

—Sí . . . aunque no he ido a Michigan en cierto tiempo . . .

—¿A trabajar?

—Ni a visitar . . .

—Porque según lo que me dijo don Manuel, usté taloneó duro de chico. Que usté anduvo en Traverse City, en Big Rapids, en Reed City . . .

—Es verdad . . . de chico.

—¿Con quién viajaba su familia?

—Yo viajaba con los Cordero a veces . . .

—¿Es usté huérfano y perdone la pregunta?

—Sí . . . mis padres murieron en aquel accidente con el tren . . .

—¿En Flora?

—Sí señor, ése.

—Entonces, ¿usté conoce a Beto Castañeda?

—Es mi primo . . . le llevo unos ocho o diez años . . .

—Pos como usté dijo los Cordero, yo pensé en él . . . Beto es un buen muchacho y muy emprendedor. Habla poco pero nunca se raja y no lo digo porque ustedes sean parientes, no crea . . . de veras . . . Beto me ayudó una o dos veces a mí. Habla inglés muy bien, maneja el troque como si fuera patín, conoce las rutas y tiene la sangre liviana: no se cansa ni cansa a la gente. Ah, ¡y pa trabajar! ¡Ja! Me acuerdo de una vez que . . . ah, antes de eso, dicen que el Beto es novio de Marta Cordero; él y Balde, el cuñao, se ven bien y como los Cordero lo medio criaron . . . pero están jóvenes y hay que esperar.

—Conozco bien a los Cordero; a don Albino lo conocí primero en Iowa.

—¿En Mason City, verdá? Ya me lo imaginaba . . . Viajan conmigo y son jaladores. Don Albino es un buen hombre, no se le quita y así ha criado a Balde . . . Esos deben estar en Klail todavía; no sé con quién saldrán este año ni a dónde . . . pero si se van con Pancho Puro . . . mal negocio . . . ¿No vio al lado del camino? Dentro de media hora estaremos en Rosenberg.

—¿Cómo fue eso?

—Digo que dentro de media hora estaremos en Rosenberg. No más saliendo de allí le doy el troque, ¿qué me dice?

—Está muy bien.

—Sí, lo que le digo, Galindo, la manija de ayer y la de hoy ya me cala . . . Con dos horas que usté le dé, me repongo de nuevo . . . bueno como casi nuevo . . . así como el troque . . .

—Descuide . . . Usted detiene el mueble y cambiamos de asiento y así usted se puede dormir.

Leocadio Gavira, dueño del camión Dodge *El rápido de Oklahoma,* lo detuvo para pasarme el volante. La gente se sorprendió algo pero Gavira les dijo que no, que no había nada. "Cambio de chofer. No es nada, gente. Estamos en Rosenberg y voy a dormir un par de horas . . . El señor Galindo es buen chofer . . . ya saben, paramos en las afueras de Ruffing esta noche. Si hay necesidades horita díganlo, si no, le colamos. Gavira se montó de nuevo a la cabina del camión, se dirigió a un parque público y la gente que tenía qué se fueron a los escusados o a lo que fuera. Los que no, se apearon a estirar las piernas pero, como siempre pasa, acabaron por ir a mear. *El rápido de Oklahoma* con gente de Klail City, de Bascom, de Flora y unos cuantos de Edgerton va rumbo a Benton Harbor y a St. Joseph, a la uva.

9

Tom Purdy, ahora en 1973, será un señor de cincuenta a cincuentaicinco años, no más; es profesor en una secundaria pública de uno de los distritos escolares independientes entre Detroit y Dearborn, Michigan. No le conozco bien (desgraciadamente) y fue por mera casualidad que me topé con él y con su mujer, una señora aparentemente sencilla pero que en el interior (ese meollo que cuenta) es tan fuerte como su esposo. Conocí a la pareja por esas casualidades que Dios se complace en causar de vez en cuando y también cuando le da la gana.

El Tom es más bien que ni flaco ni gordo; el pelo es de ese color oscuro engañador del norteamericano que, al juntarle con otro (como muchos de nosotros con verdadero pelo negro) resulta ser que no, que no es tan negro como parece. La tez la tiene tupida de cañones oscuros; se la rapa a diario, ya que como profesor en su distrito escolar no le es permitido portar barba. Sin comentario.

Su mujer también enseña en la escuela: el año tercero en el mismo distrito donde se lidia con unos treinta y pico de chicos de las ocho a las tres de la tarde, cinco días a la semana; aquí no toca hablar de las horas de su vida que dará a las multiorganizaciones de las cuales los profesores norteamericanos no se libran.

Sospecho que los Purdy sean metodistas o presbiterianos aunque no tengo ni motivo ni prueba de ello. A lo mejor son católicos. Quizá esto de canalizarlos en una secta u otra de religión (o de religiosidad, esa alnada que se apoderó de la Palabra) no venga al caso.

Al grano. Este señor, sin dinero, pero con empeño y decisión y sin que nadie viniera y le soplara en el oído, dijo: "Hasta aquí; ya no" —y así empezó su tarea de mejorar las viviendas que se les daba a los chicanos que trabajaban en el sur y el suroeste de Michigan. No habló con el gobierno federal o estatal o a los periódicos; tampoco fue a hablar con esas organizaciones cívicas que pululan en casi todos los pueblos del país. No. Habló con su mujer y así, los dos, en silencio pero nada cortos ni perezosos empezaron su tarea por una gente que no conocían, y cuyo idioma ignoraban. El trabajo de hablar con los dueños de las viviendas, que venían siendo los mismos dueños de las tierras agrícolas, y el cuento de conseguir madera, lámina, cemento, pintura, tejado, agua y electricidad le costó dos veranos y no poco tiempo fuera de casa. Su mujer le ayudó tanto como los dos hijos quinceañeros que prestaron el hombro. Lo que realizaron no es un milagro y lo que consiguieron tampoco fue un palacio —que, dicho sea en verdad, ese tampoco fue el propósito. Lo que sí se consiguió fue que la raza viviera con más dignidad, como acostumbra vivir cuando se está en casa, allá en ese tan llevado como traído estado de Texas.

El desinterés es un fruto casi inasequible. Sabido es que no es difícil de pepenar ya que el toque está en querer cosecharlo. Eso es todo.

No tengo más que decir de Tom Purdy y de su mujer (cuyo nombre se me olvida). Eso de hacer un rasgo nomás porque sí es sobrecogedor y quizá la última ironía de todo esto sea que ese señor de Michigan tan quieto y tan sincero nunca sepa de lo agradecido que está el que escribe. Para acabarla, yo tampoco conozco a la chicanada que trabajó allí esos años (62-63) cuando Tom Purdy decidió que ayudaría a una gente —que por ser gente— merecía tratarse como tanto.

P. Galindo
Andando se llega

DON ORFALINDO BUITUREYRA

Es cabrón de nacimiento. También es farmacéutico pero eso ya es culpa del estado de Texas. Don Orfalindo también es un sentimental y tanto que, de vez en cuando, se va en unas parrandas que duran tres-cuatro días; como es de suponer, después le acarrean unas crudas como ballenas. Las parrandas son infrecuentes y de poca alarma: empieza tomando solo y luego con amigos, se pone a bailar en las cantinas (solo y sin vieja que lo acompañe) y, para rematar, también le entra a lo del canto; no canta ni bien ni mal, canta porque le gusta cantar. No declama ni se le va la lengua en eso de la oratoria: "No soy joto, dice. Eso de declamar se lo dejo a ellos".

—Está bien, don Orfalindo, no se enoje.

—No me enojo, no me enojo. Sólo quiero que nos entendamos, ¿estamos?

—Estamos dijo Ramos, ¡sí, señor!

—¿Dónde iba?

—¿Usté? Usté iba cantando.

—Bien dicho . . .

Y el hombre sigue cantando, es decir, acompañando a la música que salga del aparato tocadiscos. Ya se sabe, si sale un pasodoble, el hombre se echa por esos pisos y baila solo. Como no molesta, la gente lo deja en paz.

—Claro, no vaya a ser que se enoje con alguien y un buen día los envenene.

—Oye, sí, tú; y ni me había acordado.

—N'h'mbre, no te creas . . . es puro pedo . . .

Don Orfalindo Buitureyra es cabrón en el sentido etimológico popular. En el sentido tan dicharachero como certero. No es cabrón en el otro sentido: alguien que cae mal o que es aprovechado o tacaño o cosa parecida. No. Don Orfalindo no es una mala persona. Además, eso de ser cabrón no es acto propio o *sui generis* o lo que sea. Don Orfalindo era don Orfalindo y entonces vino su mujer y fue ella la que lo hizo cabrón: *Made in Texas by Texans,* aunque, en este caso, *by chicanos.*

—¿Y la prole?

—No, la prole es de él.

—¡Cómo no! Si todos se le parecen en la nariz . . .

—¡Y en las quijadas! Si hasta parece que los cagó . . .

—Conque se parecen, ¿eh?

—Como un mojón a otro.

—Pero es cabrón . . .

—Bueno, esa mancha no se le quita ni con gasolina . . .

Don Orfalindo, pues, es cornudo pero no tiene nada de contento. Está, más bien, resignado con su situación y como sus hijos lo quieren, ¿qué más?

—¿Y qué? ¿Cuánto tiempo le van a durar los arrestos a la doña Jesusa?

—Pos toda la vida no, eso es verdá, pero mientras dure, a don Orfalindo no le quitan su título de coronel.

—Bueno, ya lleva cinco o seis años, ¿qué son dos o tres más o cuatro, ponle tú?

—Sí, Echevarría, qué conciliador te pones; como no eres tú el del caso . . .

—N'h'mbre, es cosa de años. Míralo, ahí anda bailando el *Silverio Pérez.* ¿A quién molesta?

—De molestar no molesta, pero, fíjate ahí: los chicos lo están viendo por la ventana.

—¿Y qué? No son los suyos. Los de él ya crecieron.

—Oigan ustedes, a todo esto, ¿quién es el sancho?

El disco dejó de tocar y el silencio duró lo necesario para que alguien tocara una canción ranchera o algo por el estilo.

—Bueno, como dije antes, ¿quién es el sancho?

Silencio en la mesa. Don Orfalindo sigue bailando mientras el preguntón se disculpa para ir a mear.

—A ver, Echevarría, ¿por qué no se lo dijiste?

—No la jodas, Leal . . . ¿Qué quieres que le diga: es Alfonso Zamora, el jugador, el que también se acuesta con la tuya, pendejo . . . ?

—Pos a ver si así se le quita lo preguntón.

Don Orfalindo se cansó y se fue a la barra donde pidió otra cerveza. Siempre toma de la botella; entre tragos, pone el dedo pulgar en el pico; así no se le sale el gas, explica.

Los de la mesa, entre ellos Esteban Echevarría y Cipriano Leal, le saludan amistosa y sinceramente como buenos hombres que son. El que fue a mear está por volver y ojalá que no siga con la matraca de las preguntas que, a la hora de la hora, suelen conducir a un mal entendimiento. Eso de ser cabrón, de primero, es algo duro y penoso, después, como en todo, se acostumbra y la gente ni atención le pone. (Allí está don Orfalindo. Muchos ya ni saben por qué se pone pedo y por qué hace sus papeles.) Lo de ser cabrón y no saberlo es algo que tiene otras rutas. (Allí está el preguntón que no sabe nada de nada.)

—Don Manuel no ha de tardar, ¿verdá?

—No, nunca falla. A ver, Rafa, pon el café a recalentar . . . no ha de tardar don Manuel.

—Sí, don Matías.

Don Orfalindo se despega de la barra para ir a echar una meada. Por esas cosas que pasan, se topa con el preguntón que está de vuelta; éste sonríe y vuelve a la mesa donde están Echevarría, Leal, don Matías Uribe, Lucás Barrón, el Chorreao, dueño del lugar, y los otros señores de edad.

Nadie habla por un rato y así se está hasta que entra don Manuel Guzmán, el policía del barrio chicano.

—Muchacho, bájale a esa música que los vecinos se quejan del ruido.

—Sí, don Manuel.

Don Orfalindo Buitureyra ha vuelto y ya espió a don Manuel.

—Usté perdone, don Manuel, pero ando en trago.

—¿Quiere que lo lleve a casa, don Orfalindo?

—Por ahora no; gracias. Apenas voy empezando la cosa.

—Ta bien; gusto en verle.

—Igualmente, don Manuel, igualmente. Con el permiso . . .

—Usté lo tiene.

Don Orfalindo no baila mientras don Manuel está en la cantina y entonces vuelve a la cerveza.

Tomado ya el café a sorbos, don Manuel avisa:

—Voy a estar en la esquina, cuando quieran un aventón, ya saben.

Don Manuel Guzmán sale de la cantina y don Orfalindo Buitureyra se pone a bailar un tango (con corte) y, seguramente, al cerrar los ojos, piensa bailar con aquella muchacha que, muchos años atrás, había estado casada con un médico cirujano de Agualeguas, Nuevo León. El médico cirujano murió de una receta compuesta por don Orfalindo allá cuando primero empezaba en el asunto de la farmacia que había heredado de su suegro, el viejo Marco Antonio Sendejo. Como el mundo y la gente siguieron girando, don Orfalindo perdió de vista a la viudita.

El tango continúa y don Orfalindo, con los ojos bien cerrados, sonríe para sí. Sonríe, se diría, casi lo suficiente para verse feliz.

PARTE III

BRECHAS NUEVAS Y VIEJAS

A

Don Marcial de Anda, ex dulcero ambulante, es un hombrecito bastante religioso. Está sentado en una banca calentándose sus huesos de setenta años; no hace mucho fresco pero como quiera lleva calzoncillos largos para defenderse de cualquier chiflón de aire desprevenido. Está muy quietecito y al divisarme se lleva la mano al sombrero, sonríe, medio cierra los ojos y menea la cabeza casi imperceptiblemente.

—Don Marcial, ¿qué me dice de su vida?

—Pos ainomás, Rafa. Tomando sol . . .

—Y hace bien, don Marcial, ¿le acompaño?

—¡Cómo no! Véngase aquí . . . ¿qué dicen los Buenrostro?

—P's casi nada.

—¿Tú estás en la escuela?

—Sí, señor; en Austin.

—Ah, sí, la universidad . . . Qué bien . . . Ja . . . ¿Tú sabías que cuando yo conocí a tu padre él tenía tu edad o ayporay?

—No, señor.

—P's así fue . . . yo era todavía mayor que él; no mucho. A tu tío Julián le llevo cuatro-cinco años; de ahí no pasa . . . Si Dios me concede otro invierno, le pego a los setenticinco, ¿qué tal?

—Ojalá y así sea . . .

—Gracias, hijo. No creas que los quiero cumplir para algo especial; es nomás la idea de llegar a los tres cuartos de siglo . . . eso me gusta . . . la idea, nomás.

—Por mí, ya sabe, ojalá que los cumpla . . .

—Dios te oiga. ¿Estás con el Chorreao todavía?

—De vez en cuando . . . en los fines de semanas . . . durante las vacaciones . . .

—Lo que son las cosas . . . el hijo de don Jesús el Quieto trabajando en cantina . . . No, no lo tomes como reproche, muchacho. Cada quien vive su vida y tu padre era el primero en sostener los gustos personales, ¡qué caray! Lo digo por él que no tomaba, eso es todo.

—Si no me siento, don Marcial; usted me ha conocido toda la vida . . .

—También es verdad . . . desde que gateabas . . . ¿Te acuerdas de cuando te falseaste el brazo y qué te lo curé sobando?

—¡Cómo no! Yo tendría unos catorce años; fue en el choque aquel cuando yo aprendía a manejar . . .

—¿Recién muerto tu padre, verdá?

—Sí, señor . . .

Me quedo hablando con don Marcial otro rato y al despedirme me voy al Aquí Me Quedo; estaré unas seis horas detrás del mostrador y después vendrá Jehu Malacara a tomar su turno.

Para aclarar: don Marcial de Anda es el padre de Jovita la que se tuvo que casar con Joaquín, el mayor de los Tamez. Ahora es abuelo; antes cuidaba a los nietecitos y ahora ellos lo cuidan a él. Mientras juegan y corretean, uno de ellos viene de vez en cuando a ver cómo está y luego vuelve a jugar. A la hora de la cena, van por él y entonces pasa el atardecer en el corredor de la casa de su hija.

¡Quién lo diría! Hará quince años que Jovita y Joaquín se tuvieron que casar y ninguno de los de Anda asistió al casamiento por órdenes de don Salvador Tamez. De ese tiempo a éste ha llovido varias veces y la tierra se ha sembrado de varia gente, entre ellos a don Salvador; Emilio, por fin, con su pata chueca y todo se casó con una de las Monroy que salió más brava que garañón de corte; Bertita, después de tanto intento, se peló con Ramiro Leal, muchacho emprendedor que abrió brecha para la raza allá por West

212

Texas (Muleshoe); el Joaquín, ya se ha dicho, se casó con Jovita de Anda. El menor de los Tamez, Ernesto, encontró la muerte después de tanto estar tanteándola; en ciertas ocasiones se escapó de pura suerte y con la ayuda de sus hermanos. Joven, nada zonzo ni mal parecido, al tal Neto Tamez lo apioló Balde Cordero en la cantina del Chorreao.

¡Quién lo diría! Tan bravos los Tamez y tan mansos los de Anda. Emilio casado con una Monroy; Bertita con un Leal; don Salvador y Ernesto en el pozo; y don Marcial meciéndose en el corredor de la casa de su hija. Casa en la cual no pudo pisar y en la cual ahora tiene su cuartito, su chocolate con canela y las chanclas debajo de la cama de nogal que fue de él y de su finada, doña Lorenza Estudillo de Anda.

¡Quién lo diría! Fantasmas y voces clavadas en esas paredes de la casa de los Tamez . . .

> *¡Jovita! Ése es el cuarto de mi difunta. ¡Éntrate allí hasta que te llame!*
>
> *Bonito lío hijuelachingada te has armado . . . No, lo que digo yo . . . la rendija de la mujer estira más que un tractor . . .*
>
> *Ernesto, tráete el juez . . .*
>
> *Aquí se casan los dos . . .*
>
> *Cuando yo muera, tú serás el encargado . . .*

Y así fue. Joaquín fue el encargado de la familia al morir don Salvador; la suerte de los Tamez le permitió conocer dos de sus cinco nietos. (Jovita se salió con la suya: la primera fue la Tulita; nombre de su difunta suegra. Los demás niños llevan los nombres de don Marcial y los hermanos de Jovita; los cuñados Tamez salieron encerrados en eso de los nombres de pila.)

—¿Qué tal se siente, apá?

—Bien, hija.

—¿Amaneció bien?

—Sí, hija, ¿y tú?
—Yo, bien . . . ¿quiere su chocolate, ya?

Los tres varones de Anda nunca se casaron. Serios y honrado-
tes, son feligreses de la iglesia de Nuestra Señora de las Llagas; los
tres siguieron con la dulcería ambulante del padre y ahora con cuarenta y pico de años a cuestas (cada uno) visitan al viejo en la
banca y por las tardes se están de plática en plática hasta que los
tres se van a la casita que mi padre les dio junto con los dos sola-
res que caen al sol poniente.

A las diez paso por la casa de los Tamez y veo la lucecita del
cuarto de don Marcial; seguramente está leyendo su biblia. En el
corredor hay dos bultos:
—Adiós, Rafa Buenrostro.
—Buenas noches, Joaquín.
—Adiós, Rafa.
—Buenas, Jovita . . .
—¿Cómo están en casa?
—Bien, gracias . . .

Mañana, y si Dios se empeña, don Marcial con un día más en
las espaldas, estará en la banca del parque del barrio chicano esperando el invierno que le llevará a los setenticinco años . . .
—Don Marcial, ¿qué hay de nuevo?
—Pos ainomás, Rafa, al solecito . . .

B

Damián Lucero *(ecce homo)* es sepulturero en Klail City y ha ejercido la práctica en otros pueblos del Valle: Jonesville-on-the-River, Bascom, Ruffing y Edgerton. Ha servido en Klail varias veces y esta vez es la de la vencida.

No es que se especialice en cementerios chicanos pero con excepción del de la bolillada de Jonesville-on-the-River, todos los demás han sido de la raza y así que ha visto centenares de entierros (él los llama sepelios); aunque la cosa parezca bastante rutinaria no lo es porque hay veces que esos que se los come la tierra han sido amigos y conocidos.

Lucero nació en Relámpago, no lejos de las tierras del Carmen, o sea, del rancho de los Buenrostro. El apellido le viene por el lado materno; el supuesto padre se ahogó una madrugada de otoño mientras trataba de pasar unos tractores John Deere de contrabando. Seguramente se lo llevó uno de los remolinos del Río Grande.

Se estuvo en Relámpago y sus alrededores hasta los veinte y empezó en eso que llaman campo sagrado por mera casualidad: fue lo primero que apareció en forma de trabajo. Después se le hizo fácil, compró su herramienta, aprendió lo que quiso (cara tristona, seria y comedida) y lo demás (voluntad, ganas y manos y hombros) ya lo llevaba de por sí.

Fue él quien sepultó a Alejandro Leguizamón; a éste se lo encontraron en el patio de la iglesia del Sagrado Corazón; llevaba una espátula núm. 4 bien sumida en el cráneo. Al Alejandro lo arreglaron en la casa mortuoria de los bolillos pero me lo depositaron en el cementerio chicano de Klail y él ni cuenta se dio. El entierro fue de caja cerrada (por lo de la cara a la cual nunca pudieron quitarle la mueca de asco que llevaba) y hubo más flores y ramos que de costumbre; muchos vinieron sin tarjeta o esquela y bien pudiera ser que había gusto al verle muerto por fin. El Alejandro Leguizamón tuvo mucha vida y debió algunas.

Lucero cuenta que en el cementerio de la bolillada de Jonesville-on-the-River le pagaban regular: no le pagaban más, no, pero le pagaban en cheque que siempre es más vistoso. El entierro más memorable, según él, fue el de la querida del jefe de policía de Jonesville. Ella era una güerota del norte que se instaló en Jonesville y que la hizo de compañera del mencionado jefe hasta que se reventó como una toronja contra de uno de los postes del puente internacional. Según Lucero, los cementerios de los bolillos son más bien escuetos: pocas flores, no hay ni ramos ni cruces y, para indicar quién está allí, hay una plaquita con el nombre del depositado, año y fecha de nacimiento y muerte y (en señaladas veces) un rótulo de *Beloved Son, o Beloved Fatber,* y deje de contar.

Una vez, en Edgerton, un hombre vino y le pidió que sepultara a su hermano pero que lo quería de pie:

—¿Dice usted parado, señor Anciso?

—Eso. De pie.

—¿Y quiere el pozo redondo . . . como pozo de barbacoa?

—Ajá, así, sólo que más hondo.

—Más hondo y más redondo . . . ¿Y el difunto? ¿Es alto?

—Pos ni tanto, sabe. Es más bien chaparrito.

—¿Como yo?

—No, no tanto . . . verá usté, así entre usté y yo.

—Ajá. Bueno, ¿y dónde está?

—Enquesé los Vega.

—¿Y ya lo compusieron y todo? Es decir, ¿está listo y preparado?

—Sí, creo que sí . . . ¿y no hay, digo, de su parte, no hay inconveniente?

—No, señor, de ninguna manera. Yo cavo el pozo y allí lo colocamos a la orden . . . a todo esto, ¿va a haber mucha gente?

—No, si viera que no. Yo, mis dos hermanos y unos primos . . . unos cuantos conocidos y es todo. ¿Por qué?

—Por la novedad, ¿sabe? Hay mucha gente curiosa, no crea.

—Descuide. ¿Lo tendrá para la tarde? . . . ¿a eso de las seis?

—Seguro . . . ¿era gordito?

—No, así así . . . regular.

—Ta bien; le pongo su cruz y todo.

—No, no ponga cruz. Ya le pondremos otra cosa más adelante.

—Bueno . . . nomás le pongo un marquito pa señalarlo.

—Sí, eso está mejor.

—El muerto parado era un tal Fidencio Anciso que, por esas cosas que pasan, pidió que así se le enterrara . . .

—Hombre, Jehu, eso ya se pasa de capricho.

—Yo qué sé . . . Les diré que otro que enterró fue a Pioquinto Reyes.

—Sí, sí, el que murió en el Holiday Inn de Klail.

—Sí, a Pioquinto le llamaban el Seguro . . .

—¿Y eso?

—Pos porque nunca fallaba . . . dicen que donde apuntaba daba . . . ¿cuántas no saldrían preñadas por el tal Pioquinto?

—Voy, voy . . . si él y su mujer no tuvieron familia, h'mbre.

—Sí, ya sé . . . pero eso es asunto de ellos . . . Lo que les digo . . . era un garañón de potrero el Pioquinto.

—¿Quién lo iba a decir? Habráse visto. Conque el tal Pioquinto, ¿eh? etcétera.

—Al Pioquinto lo enterraron los protestantes de la calle Nueve . . . allá en Bascom.

—Día lluvioso . . .

—Sí, con un poco de norte . . .

—¿Son parientes, tú?

—¿Quiénes?

—El Pioquinto y el sepulturero, h'mbre.

—P's que yo sepa, no.

—¿Y quién dijiste que fue el que sepultaron parado?

—Fidencio Anciso de allá del Carrizal.

—¿Y por qué parado, ustedes?

—N'mbre, en este mundo nunca falta.

—A lo mejor nació en Flora . . .

—A lo mejor . . . allá no faltan locos . . .

—Hablando del diablo . . .

—¿Eh? ¿Cómo fue eso?

—Sí, h'mbre como dice Leal, hablando del diablo . . . Allí va el mismo Lucero . . .

En efecto, el sepulturero viene andando en la acera opuesta; con paso sosegado, anda algo tieso y al ver al grupo, les saluda con la cabeza y cruza la calle a verlos.

—Buenas.

—Buenas. ¿Qué tal? ¿Qué hay? ¿Qué pasa?

—Así, así; regular. ¿Y usted?

—También. Pasándole. Ainomás. Ya ve.

—¿En qué estaban?

—En esto y aquello . . . hace rato nos acordamos de aquel que sepultaron de pie.

—Ah, sí; ése fue uno de los Anciso.

—¿No ven? ¿No se los decía yo?

—¿Y por qué lo querían parado?

—Ah, pos porque el mismo Anciso dijo que así lo sepultaran . . .

—También son ocurrencias . . .

—Oiga, ¿y cómo le hicieron pa las coronas y todo?

—Hubo pocas pero las que hubo las pusimos como argollas y unas sobre otras. Se veía rara la cosa. Francamente yo creí que la gente se iba a volar un punto y que después todos querían que los sepultara así . . . pero no. Hasta la fecha ese es el único. También puede ser porque les cobré más por escarbar el pozo . . .

—¿Ah, sí?

—Pues resultó un poco más de trabajo el escarbarlo.

—¿Y el taparlo?

—No, el taparlo no . . . aunque los que estaban allí se hicieron pendejos, no crea.

—¿Cómo fue eso?

—Pos sí . . . cuando ladeamos la caja, el difunto se resbaló dentro de la caja . . . no lo habían sujetado, ¿saben? Bueno, se resbaló un poco . . . y así lo echamos y más al rato lo cubrimos. Los monaguillos se veían uno al otro y se aguantaron la risa porque Dios es grande . . . que si no, se hubieran reído y la cosa se hubiera descompuesto. Sí, señor. Pero, como decía, lo de taparlo fue más fácil; no hicimos bordo, casi quedó llanita la tierra. A este Anciso le llamaban el Pelón.

—Sí, sí . . . llevaba peluca a veces . . .

—¿Y qué, lo sepultaron con la peluca?

—Pues, sí; fíjese que sí . . . contoy peluca.

—¡Qué ocurrencias!

—Pues sí, así se le sepultó, con peluca y todo. La peluca la sujetamos con una tachuela . . . un ¡zas! del martillo de tachuelas y fue todo; así no se caen.

—H'mbre, ¿y por qué no usaron pegadura?

—Pos no había . . . y de perdido lo que aparezca . . .

Otras muertes, otros entierros. La gente era la de siempre: conocidos y familiares. Para Lucero, hombre soltero, lo mismo es un hoyo que otro; el que da la luz original como el que la apaga. Él no se pone a pensar mucho en el cómo ni el por qué; él se fija en el cuál y en el dónde. Así se evitan las complicaciones.

Damián Lucero (igual que mucha gente) tal vez ni piense en su propio entierro. Tal vez él también (secretamente) quiere que lo sepulten de pie. Todo puede ser.

C

"No one who has his testicles crushed or his penis cut off shall marry into the Lord's community . . . "

He aquí, queridos hermanos, una parte de este texto sagrado. ¡Hablo de la biblia, gente! ¡La nuestra! Cito —para ustedes, queridos hermanos—, algo de lo que escribió el buen santo Deuteronomio. Cito en inglés: *"You may eat any clean bird; but the following are the ones of which you must not eat: the griffon, the vulture, the eagle, the buzzard, the kite in all its several species".*

¿Eh? ¿Qué me dicen? La biblia no miente y además da consejos seguros y certeros como los dos que acabo de citar. ¿Tiene usted pregunta? ¿Tiene usted mala suerte? ¿El amor de una persona especial? La respuesta la encontrará allí en este libro sagrado . . .

¿Qué no leen inglés? ¿Y qué? Leyendo las santas palabras del viejo —digo y repito— viejo y viejísimo testamento será lo suficiente para sentirse salvados. ¡El poder de la palabra escrita!

Les aseguro, queridos hermanos, ustedes no tienen que entender lo que leen . . . la salvación y la huella hacia ella está en el acto de tener este libro en su posesión y en su casa. ¡Qué milagro, gente! ¿Me oyen?

Este tomo tiene tres partes para protección de su fina familia. ¡Qué felicidad! Vean la muestra que tengo en la mano diestra —la mano del corazón— la mano de la verdad, *"Oh, get thee behind me, Satan"* como decía Nuestro Señor. ¡Vean! ¡Admiren! ¡Llévense este libro a sus casas, gente de Bascom!

Repito: el idioma no importa. Lo que importa es el gesto, gente, el gesto y el rasgo y no la mera traducción que la providencia perpetua proviene para nosotros por puentes largos y angostos y si no, ahí está la respuesta de Job a Eliphaz: *"No eye shall see me; and he puts a veil over his face. He digs through houses in the darkness".* Permítanme traducir: El ojo *(eye)* que mire *(see)* pondrá *(puts)* buena cara *(face)* a las casas *(houses)* que tengan este texto *(darkness).*

No, queridos hermanos, la biblia no miente. ¡Qué va a mentir! Y si yo, un niño de quince años, soy el mensajero porque he visto la luz y he entendido el camino, repito, si yo, un huérfano de padres que no de fe, ¿eh?, soy el mensajero, eso debe dar doble seguridad a lo que se puede tener al obtener este libro con tanta cosa buena en él.

Permítanme otra cita para acabar: *"Is this Naomi? Is this Naomi? Is this Naomi?"* «¿Este soy soy? ¿Este soy yo? ¿Este soy yo?» Como se pregunta en el libro de Samuel . . . Sí. Este soy yo: Jehu Malacara, muchacho de Relámpago que trajinó duro y largo con la carpa Peláez y luego como primer monaguillo de coro y canto con el buen pastor, el padre don Pedro Zamudio, el de Flora tan conocido, y con el cual por mi suerte vi la luz. ¡Vi la luz y entendí el camino! y memoricé la biblia con especial cuidado al viejo testamento por eso . . . porque el testamento no es testamento por ser testamento sino por ser viejo. Amén. *Secretum Secretorum y Poridat de Poridades.* Amén. Amén.

En esta vida con el santo Tomás Imás,

hermano
luterano
predicador protestante con itinerario variable
y constante

me metí en lo de vender biblias por todo el condado de Belken. Él ya lo había hecho allá por los estados sureños de Tennessee, Alabama, Georgia, las Carolinas, etcétera, pero lo había hecho de casa en casa: trabajo arduo, difícil y jodedor. Acá en Belken County hace mucho calor y la cosa no se podía hacer así y fue cuando le convencí que lo mejor era convocar a la gente en grupos cuando viniera a los pueblos a hacer las compras. Después de la predicada yo me iría entre la gente a vender.

Luego, luego me di cuenta que lo mejor era ni probar a los hombres sino mostrar el libro a las mujeres y ponerles buena cara. Los libros que vendíamos eran de bastante calidad: las páginas estaban bien remachadas, el papel era blanco, la tinta negra y uniforme. El precio de tres dólares estaba al alcance de todos y la ganancia era lo suficiente para que nosotros comiéramos caliente a lo menos dos veces por día.

Esta vez, después que habíamos trabajado Bascom y pensábamos ir a trabajar Edgerton, el hermano Imás decidió irse solo a predicarle a una gente que piscaba algodón en una de las labores cercanas del río. Fue en esta labor donde aquella víbora de cascabel le mordió en el chamorro al hermano Tomás Imás. Como ya se sabe, perdió la pierna y se fue a vivir en Jonesville-on-the-River. Siguió en su oficio religioso pero tuvo que dejar de recorrer el Valle y entonces se dedicó a trabajar con toda la protestantería chicana de Jonesville que era mucha.

Fue P. Galindo quien le ayudó volver a Albion, Michigan, al año siguiente; según Galindo no fue gran cosa el favor: habló con Gavira, con el Pirulí y con otros troqueros hasta que se le seleccionó la ruta y el troque. Por fin quedaron en que lo depositarían en New Buffalo, Michigan, y de ahí se iría en autobús a Albion a ver a sus padres y así fue que lo perdí de vista por cierta temporada.

De mi parte, les diré que nos separamos en Klail y caí parado (como los gatos) en la cantina de mi tío Andrés; allí la hice de coime hasta que me fui de cabrero en el rancho de don Celso Villalón Verlanga al que decían El tigre de Santa Julia y también Caga postas por la manía de andar siempre con un fusil corto y pesado. Andando el tiempo, don Manuel Guzmán, policía del barrio chicano de Klail, me recogió y por fin volví a la escuela secundaria, hecho que volvió a juntarme con Rafa Buenrostro, con el menor de los Murillo y con toda la plebe y palomilla de Klail City.

La vuelta a la casa de don Manuel facilitó que recibiera mi parte de la herencia de don Víctor Peláez; la cosa no llegó a mucho pero el recuerdo de aquel hombre recto y sagaz hizo que me aplacara lo suficiente para seguir en la secundaria en Klail High.

D

En Belken County no ha llovido desde marzo y estamos en julio. ¿Qué me dicen? Voy rumbo a casa y el sol, ayudado por el aire, parecen quemar mi sombra a la pared; el poco fresco que hay está bajo los árboles canelones que nunca faltan en los patios, los fondos y en las entradas de las casas. Los negocios, nunca buenos, van mal y la sequía no ayuda nada.

—¿Y los niños?

—Ya mejorcitos . . . la niña también.

—Pero es que nunca falta.

—Verdá . . . si no es esto es lo otro o algo más allá.

—Eso . . . es que nunca falta . . .

—¿Qué me dice de la Dorotea?

—¿Ésa? Ni me la miente, comadre.

—Ah, ¿pos qué pasa?

—Pos casi nada . . . dicen que se huyó . . .

—¿Otra vez?

—Qué le digo . . .

—¿Y con quién, con el mismo?

—No, fíjese que no . . . Usté sabe que andaba volada con el Neto Tamez, ¿verdá?

—¿Y si no llueve, compadre?

—Pos si no llueve se jodió la burra.

—Y la muía . . .

—Y la muía y el tomate.

—Y fíjese que pensaba emparejarme con el tomate, compadre.

—¿Y las tierras del Molonco?

—Ahí están . . . sin trabajar y ni quién les ponga mano . . .

—Que se cuide el que se atreva . . .

—Eso, que se cuide, sí señor.

—¿Y no se ha vuelto a saber nada del Molonco mismo?

—No, qué se va a saber . . . esos Santoscoy están de la patada . . .

—¡Ja! ¡Qué lindo partido se escogió!

—¿Ah, es que no lo sabía?

—Lo del Neto, no. Yo oí que tenía algo que ver con el menor de los Murillo . . .

—Ah, no . . . de eso ya hace tiempo.

—¿Y el menor mismo?

—Anda pa'l norte.

—Conque la Dorotea Amejorado . . .

—Ah, ya que me acuerdo, ¿y cómo sigue Baltazar? ¿Le sacaron las anginas?

—Quite usté. Esas son cosas de la enfermera de la escuela.

—No, como dice Fabián: "Después de Dios, los bolillos pa inventar cosas y enfermedades".

—Y que usté lo diga, comadre.

—Ay, con estos cabrones nunca faltan las calenturas y las fiebres . . . ¿desde cuándo que no llueve?

—Vaya usté a saber . . . cuenta el viejito Sobrino que esto se parece algo a una canícula de hace cincuenta años.

—¿Y cómo está esa gente del Relámpago?

—Verdá, tan cabrón es el pinto como el colorao . . .

—¿Y el asunto de las llantas?

—Va, va . . . pero si no hay agua, ni hablar.

—En verdá . . . podemos regar y todo lo que usté quiera, compadre, pero sin 'l agua del cielo no hay nada.

—Y yo que pensaba emparejarme con el tomate . . .

—Fíjese . . . ¿y los muchachos?

—En el jale . . . esos sí que no le aflojan . . . la semana pasada los llevé a las carreras . . .

—¿Hubo caballos?

—¿Dónde?

—No, carreras de carros donde se dan trancazos y golpes.

—¿Adrede?

—Sí, adrede . . .

—Estos bolillos pa inventar cosas . . .

—Hablando de los bolillos . . . dicen que van a mejorar las calles . . .

—¡Ja! Eso es puro pedo, compadre, y usté perdone . . .

—No, si no hay por qué, no crea.

—Van pa viejos.

—¿Y quién no, comadre?

—¿De veras no quiere pasar un ratito?

—Gracias, pero andamos de prisa . . . estamos con el susidio de la niña . . .

—Ya que no pasa, a ver si más tarde le llevo un té de lechuga a la niña . . .

—Se lo agradezco, comadre.

—Deje usté . . . para eso es una madrina.

—Bueno, vamos a ver si les cortamos la plática a esos dos hombres . . .

—Es que uno está tan quemado . . .

—Verdá . . .

—¿Qué hay de novedad por el Rebaje?

—Casi nada, que salen dos troques la semana que viene. A mí me llamaron pa que compusiera la plataforma de uno de los troques y los dos lados del otro.

—¿Al contado?

—Sí, por cierto. Uno de los troques era de Gavira.

—Ya . . . ¿Y el otro?

—Pos parte del Pirulí y parte de Jacobo . . .

—Al fin cuñados . . .

Buenas, comadre. Compadre, ¿cómo está? ¿Los niños? Bien, gracias a Dios. Menos mal. ¿Y por acá? Ya sabe, en las mismas. Pos allá también. Menos mal. Es tiempo de irnos, tú. Bueno, compadre. No se le olvide, comadre, esta noche paso con el té de lechuga. Gracias. Gracias. No hay de qué. Buenas tardes. Buenas tardes. Adiós. Adiós . . . Compadre, si viene esta noche, a ver si nos echamos una manita de conquián. ¡Juega!

Un verano en Klail
Rafa Buenrostro

E

Don Aureliano Mora es un viejito enteco, bastante chupado por los años (esos siniestros sabuesos del tiempo) y que de joven trabajó en lo que saliera y adonde fuera. Como cuenta con ochenta y pico de años ya ha enterrado a cinco de sus siete hijos; le quedan dos, la Obdulia que se casó con uno de los Santoscoy y Eufrasio que sufre de la tis y que escupe sangre cuando quiere —éste ya debe darle nalgadas a los sesenta años y es el benjamín de la familia.

Don Aureliano es (o fue) el padre de Ambrosio Mora, veterano de la Segunda Guerra Mundial, a quien Van Meers (diputado del *sheriff* de Belken) balaceó enfrente de la J.C. Penney en el centro de Flora un domingo de palmas.

Ambrosio había pertenecido a la división segunda (Indian Head) cuando la invasión de Francia y le tocó ver morir a Chano Ortega, muchacho de Klail City que como muchos otros jóvenes chicanos se presentaron como voluntarios allá por el año 40, un año antes de que hubiera guerra entre este país y el mentado eje italiano-alemán-japones.

por esas calles de Flora (a deshora)

La muerte de Ambrosio resultó en mucha gritería por parte de la raza vieja y aún más reflexión entre los veteranos que se juntaron para organizar algo —no sabían qué precisamente—, pero *algo* para que "ya no nos trataran como bestias de carga". Los veteranos decían que ellos también habían ido a la guerra y que bastaba ya con "ese pedo de la *descreminación*".

La cosa empezó con mucho ánimo pero al dilatarse el tiempo y postergarse el proceso judicial, el movimiento casi agonizó de inacción hasta que el Estado (después de tres años) siguió con el juicio. No, no hubo nada; Van Meers salió tan libre como Juan por su casa. (Como es bien sabido, Choche Markham atestiguó en favor de Van Meers ese día.) Otra vez hubo ruido y boato pero sin provecho alguno hasta que don Aureliano mismo se fue al quiosco del parque de Klail City, palanca de hierro en mano y partió el rótulo de metal que llevaba los nombres de todos los de Klail que habían servido durante la guerra, entre ellos sus hijos Ambrosio y Amador, el que cayó en Okinawa. Don Aureliano, con la palanca, hizo trizas el rótulo ese donado por las damas auxiliares de la American Legion. La cosa quedó hecha cedazos.

a balazos y a traición (mala acción)

Más tarde, don Aureliano Mora, todavía palanca de hierro en mano, se fue a la casa de don Manuel Guzmán, el policía del barrio chicano.

—Don Manuel, le di en la madre (usté perdone) al *sign* ese que está en el parque. Aquí está la palanca.

—Quédese con ella, don Aureliano.

—Lo dejé en trizas, don Manuel . . . hace tres años que me mataron a m'hijo, don Manuel . . . a traición, don Manuel . . . he querido aguantarme pero no pude, don Manuel . . . así no se portan los hombres, lo sé . . . pero, m'hijo, don Manuel, mi Ambrosio . . . ¿qué les hacía mi muchacho, don Manuel? Andaba en trago, don Manuel, ¿quién dice que eso es un crimen? . . . No, no hay razón . . . ándele, don Manuel, lléveme al bote . . .

—¡Josefa! . . . Has pasar a don Aureliano . . . voy a ponerme los botines . . . 'horita vuelvo . . . mientras tanto, tómese un café . . .

Don Manuel Guzmán se llevó a don Aureliano Mora a la casa que no a la cárcel.

—Es que somos como los griegos, don Manuel. Griegos en casa de romanos.

—¿A ver . . . cómo fue eso?

—Digo que somos griegos, don Manuel . . . los esclavos en casa de los romanos . . . tenemos que educar a los romanos . . . los bolillos . . . que son lo mismo.

—Lo que pasa, don Aurelio, es que son una bola de aprovechados . . . una punta de cabrones . . . pero a todos les toca su día . . . y si no, arrieros somos . . .

—Y en el camino.

—Eso . . . Usté no se moleste por lo del *sign* . . . ya hallaré cómo aplacar esto . . .

—¿Y si no?

—Y si no, nosotros también echamos abogado. ¿Qué cara van a poner los cabrones cuando comparen la vida de un cristiano con un pinche rótulo que, al fin y al cabo, ni sombra daba?

—Somos griegos, don Manuel, y el día vendrá cuando la raza viva en el condado de Belken como lo hacía antes de que llegaran estos desgraciados.

Lo del rótulo pasó hace más de veinte años y si la raza no salió como los griegos que acabaron educando a los romanos a lo menos salimos como las uvas de a montón.

mataron a Ambrosio Mora (¿quién le llora?)

Don Aureliano Mora se pasa los días que le quedan sentado en una banca del parque pensando, tal vez, en Amador que murió en Okinawa; en Serafín que se fue de Belken County para no volver: le dio treinta años de su vida a la Inland Steel y ellos le dieron una pensión y el seguro social un ataúd; en los gemelos Antonio y Julio que pasaron sin pena ni gloria por este mundo y, seguramente, pensando en Ambrosio a quien le compusieron un corrido y por quien don Aureliano le dio en la madre a ese rótulo insultante que llevaba el nombre de su hijo.

A veces se levanta y se da un paseíto a la esquina donde se desahogó con la palanca y adonde ahora está una tienda de ropa. Lo que don Aureliano empezó con la palanca fue terminado por el tiempo (esa sociedad anónima de responsabilidad limitada) que todo se come: al parque lo dividieron en lotes que se vendieron para hacer tiendas en él; del parque viejo sólo queda un cuarto de cuadra con seis bancas y eso es todo.

Don Aureliano tiene que morir, bien lo sabe, pero dice que ha pactado con Dios y con el diablo y que ninguno se lo llevará hasta que Van Meers también muera. Le lleva más de cuarto de siglo en edad pero tiene toda la paciencia del mundo y tal vez él mismo asista al entierro del matador de su hijo.

—¿Pasándola, don Aureliano?

—Sí, hijo, ¿quién eres?

—Rafa Buenrostro.

—El del Quieto, sí . . . P's bien, hijo, bien . . .

Don Aureliano lleva anteojos ahumados y sombrero de petate para defenderse del sol; cuando anda, paso a paso y casi sin pisar el zacate, da la sensación que si viniera un chiflón de aire lo tumbaría al suelo . . . pero . . .

No se equivoque nadie, no, a don Aureliano no lo tumbaría ni el viento ni los años hasta que asista al entierro de Van Meers. De juro y por esta cruz.

F

Enedino Broca López, locutor de radio por la Ka eNe eFe Be (su estación amiga en el 610 de su cuadrante) no gana mucho pero tampoco anda bostezando de hambre. El Enedino, como se dice, va tirando de día a día sin tratar de molestar. La KNFB no es estación chicana y tiene que decirse que los bolillos lo ocupan por la razón económica. Ahora bien, no se ande creyendo que Enedino carezca de talento. No. De ninguna manera. Tiene buena labia y sabe componer las cosas y arreglárselas como pueda para no mostrar la oreja aunque, a veces, como cada hijo de vecino, sale con unas puntadas que despistan (al amable radioescucha). Por eso no siempre se sabe si Enedino les está metiendo tamaño dedo en la boca cuando dice tales cosas como "Ilustre amiga, use la brillantina Jardín de rosas la próxima vez que peine su caballo", o "Si necesita dinero, vaya a Seaman Loans, ¡no se la engruece a los amigos!" o, al hablarles a las amas de casa (mis estimadas radioyentes): "¡No sea burra!" —y, al momento— "No se aburra, amiguita" y así, por el estilo.

La más recién metida de pata (hasta la fecha) ocurrió hace poco cuando el 30-30 de Klail se batió con el Leones de Jonesville-on-the-River. Enedino estaba como anunciador en el parque y sería la séptima con el Zurdo Montalvo al bate cuando a Enedino se le salió un "riata, chingao" cuando el Zurdo enderezó un doble al *centro-field*. No hubo desmayos ni gritos por la maldición, pero el Enedino se puso morado: la novia actual, la Clementina Andújar (la de don Simón, el *Las mata callando*) estaba a su lado . . . lo que son las cosas.

La Clementina (talluda la muchacha) ha oído maldiciones en su vida (que para algo tiene treinta y tres años de edad) ya que su padre echa tantas cada vez que habla y él ni las oye y la gente (¡bien haya la gente!) se hace sorda cuando se escapan de esa boca de ángel que tiene don Simón. Pues, si, el Enedino se quedó de una pieza y para que eso suceda ya es mucho pedir.

—No, pendejo, el Enedino quiere quedar bien con la Clementina: hija única (algo feíta, eso sí) y . . .

—Fea con "efe" de ¿fundillo?

—Bueno, es más bien fea-fea; no es fea-fea-fea-fea, ¿me entiende?

—Entonces no es fea con "efe" de . . .

—No; y además tiene sus centavos.

—Ah, ya . . . con eso basta.

—Pues, sí, es riquita de dineros que no de cueros.

—Eso ya se dijo.

—Sí, pero no de esa manera.

—¡Que siga, Jehu, qué chingaos!

—Bueno, la Clementina tiene pica del padre y don Simón no es lo que se dice suelto . . .

(Uno que pasa con cerveza en bandeja para él y para unos amigos: "¡Qué va! Si es más apretado que culo de perra en brama . . . ")

—¿Dónde iba?

—Con lo de Enedino y la hija de don Simón . . .

—Ah, sí, es verdad. Pues, sí, el Enedino con su chamba y todo allí en la estación, va bien. Lo dejan respirar y él no estruja a la gente demasiado cuando le sueltan el micrófono en su programa: "La voz del pueblo, con el pueblo y para el pueblo", de lunes a viernes.

—El título tiene cierto tufo de déspota benévolo pero esto (como con tantas otras cosas) tiene al Enedino sin cuidado.

—Su cuidado es la Clementina, ¿verdad?

—Sí, ¿quién más dijo Tomás? El Enedino ya ha sepultado a dos y ésta será la de la vencida. Con suerte que ninguna de las difuntas le dejó cría, que si no —¿quién te aguanta, Enedino?

—Sí; a las mujeres no les gustan las crías de otras.

—Pos ni a los hombres, ¿pa qué ir tan lejos? El Enedino no tiene cría y ya . . .

Van ser las tres y no tarda en empezar el programa de Enedino. Están dando los informes del tiempo: se habla de un huracán en el Caribe. No representa mayor peligro alguno para el condado

de Belken y así que acaben con las noticias vendrá Enedino Broca
López . . .
—Tardes. Tardes, gente . . . ¿cómo han estado? ¿Bien? Bien . . .
Ya estoy aquí de nuevo, gentes . . . Un servidor ENEdino BROca
LOpez, su locutor amigo, por la estación Número Uno en Klail
City, County Seat of *GOod Old BELken COUnty, Texas, yessir,
folks,* listos para empezar otro programa de la serie pero, primero
UNos ANUNcios de una de las casas que PATROcinan éste
—su— programa: "La voz del pueblo, con el pueblo y para el
pueblo", a esta misma hora por esta misma . . . Su SERvidora
estación la Ka eNe Efe Beeee . . . He aquí el primer anuncio
comercial: da-da-dá, da-da-dá, da-da-dá . . .

Enedino se estará allí (en la estación) desde las tres hasta las
ocho; la Clementina estará pegada al radio (en su casa) y, a las
ídem horas, la chicanada de Klail City y otros pueblos estará en el
jale, pasará a la cena y luego a las pláticas de esto y aquello, mientras que el mundo gira y uno trata de barajárselas como pueda y
como le dejen.

ENEDINO: La siguiente selección, *No me olvides, Borrada,* por
los hermanos Buelna, va a petición de los muchachos del segundo
piso de la fábrica de botones que se la dedican a Ester Pardo . . .
pero antes de esto un anuncio comercial de la Seaplane Loans . . .
¿Necesita dinero? . . .

El Enedino, como ya se habrá sospechado, cayó en Klail dizque de Flora. Todo mundo se lo cree. No hay por qué dudarlo; no
faltaba más; etcétera. Ahí está de nuevo:

—La siguiente va pa la palomilla del Diamond Bar. Póngame
una helada en el hielo, palomilla. No hay más allá que las *Elodias,*
raza. Ahí les va El Príncipe Charro, José Luis Munguía, para can-
tarles *Ten clemencia, corazón,* a-jú-a, raza . . . pero antes un anuncio de Kirby Brothers donde tienen gangas en ropa interior . . . han
bajado . . . los precios, ¡Raza! Vayan a ver las gangas, damitas
amas de casa, la tienda Kirby, Klail's Finest, en la calle Raymond
en contraesquina del KayCee Restaurant donde usted también será
atendido con cortesía y esmero . . . La pieza se dedica a los del
Diamond y también a las chalequeras del Suggs Clothing Manu-

facturing Company, primera industria de Klail y patrocinador de éste —su— programa. Vámonos con José Luis Munguía . . .

La cosa sigue hasta las ocho y de ahí se va derechito a casa de la Clementina pero antes: una peinada y una parada al excusado para no abusar de los riñones.

Cuando llega al corredor de la casa de Clementina viene más bien apaciguado el Enedino. Viene casi sin ganas de hablar por llevar cinco horas enfrente del micrófono, pero su vida depende del habla y ¡aguanta un poco más garganta! que ay-te-voy . . .

—Dichosos los ojos, Clementina . . .

G

El que cruza un río cruza dos y el que cruza dos cruza tres y así, sucesivamente igual que la que entierra uno entierra dos o tres o los que se dejen.

Viola Barragán es una de estas personas escogidas; ella ha cruzado ríos y mares y ha enterrado a más de dos . . .

Agustín Peñalosa, médico cirujano general por la Autónoma de México, era natural de Agualeguas, Nuevo León, y vecino de Klail City cuando vino a morir a manos de un joven que hacía su aprendizaje en el asunto de la farmacia. Sucedió que una señora media histérica se había muerto y el esposo decía que la culpa la tenía el Agustín por la receta que le había indicado. Mucha gente que conocía a esa señora, la Helisa (con hache) Lara de los Santos decía que ya le tocaba; que no era para tanto la cosa ya que había salido seca y nunca tuvo hijos; que peores cosas se habían visto; que etcétera y etcétera.

Cuando Severo de los Santos, el viudo, vino a reclamarle al doctor, éste dijo que la receta era la indicada para esos casos, que si se murió sería de nervios o de otra cosa o de lo que fuera, que él, como médico cirujano general, en su sabiduría medicinal, con sus años de experiencias a cuestas y su competencia profesional, así como su conocimiento científico, juraba y protestaba que la receta era la indicada. ¡No faltaba más, qué caray!

Y el viudo respondió que sí, sí pero ya ve usted, allí está la Helisa, tendida y velada y de esa cama no se levanta. En fin, las cosas llegaron a tal punto que el doctor Peñalosa tomó al Severo de la mano y a la farmacia se ha dicho. Pidió que se surtiera la receta y que se preparara allí mismo, en vista del viudo y de otra gente que nunca falta en esas ocasiones.

El joven aprendiz tomó los frascos necesarios para la compostura y pesó dos gramos de esto otro y de aquello y todo con la seriedad debida al caso.

Con un allí tiene usted, señor doctor, y extendiendo el botecito color verde opaco, el aprendiz volvió a las otras recetas. Agustín Peñalosa le mostró el frasquito al viudo, éste asintió con la cabeza y entonces el doctor se echó el líquido al buche. No, pues casi nada: Peñalosa puso turnios los ojos, estiró el cogote y luego, naturalmente, la pata. Se cayó que no se resbaló ni lo empujaron y cayó casi muerto, cosa que hizo a unos cuantos minutos. Los ojos se le pusieron como los de las truchas: pelones y sin puntería. No tenía ni qué: estaba más muerto que la ambición en casa de putas.

¿No ven?, ¡mírenlo! Bueno, así lo hizo mi Helisa cuando petateó. Igualito.

Los mirones se acercaron más y más hasta que alguien gritó que fueran a avisarle a su mujer, o viuda ya, la Viola Barragán. Entre todo esto nadie había puesto los ojos o la mente en el joven aprendiz, Orfalindo Buitureyra, yerno de don Marco Antonio Sendejo, dueño y propietario de la farmacia El Porvenir. Bueno, allí no se trataba de culpa, se trataba de que la receta no era la indicada y, al ser así, pues, el resultado fue funesto, sí, pero fue el mismo para los dos.

Al rato se supo que la viudita no estaba en Klail; estaba en Ruffing visitando a sus padres, don Telésforo Barragán y su señora doña Felícitas Surís de Barragán. Alguien, quizá y puede que fuera Gabino Aguilar, se montó en su carrito a avisarle a la viuda.

El primer río que Viola cruzó fue el Río Grande en los brazos de sus padres que, cansados del cañoneo y de vivir al susidio, se vinieron a Belken County cuando abandonaron a México durante una de las etapas de la Revolución. Después, de grandecita, Viola cruzó otros ríos y varios mares: los golfos mexicanos y persa y los océanos Atlántico e Indio en compañía de su segundo esposo, Karl-Heinz Schuler, agregado al consulado alemán en Tampico y luego primer secretario del ministro alemán en la India.

Entre la muerte repentina y el segundo casamiento, Viola estuvo en compañía de don Javier Leguizamón, comerciante, contrabandista y (a veces sí y a veces no) vendido y aliado de la gringada allá en su juventud. Los Leguizamón tienen mucha historia por sí solos como se verá en otra ocasión.

El asunto de Viola y don Javier duró cosa de año hasta que la viudita fue reemplazada por otro cuero: la Gela Maldonado.

Andando el tiempo, la Viola se puso tan buenota como la Gela pero todavía le faltaba espabilarse y ponerse como tren. Eso sí, Viola no sería la más rica del pueblo pero de hambre y frío no se iba a morir. Tampoco se iba a ir a trabajar en una tienda y así fue que un buen día cuando iba a pie cruzando los rieles que dividen a Klail City casi por la mitad, de repente y sin premeditación alguna, decidió dirigirse a la estación de autobuses y se compró un billete redondo a Jonesville-on-the-River. Lo que pasó ya es historia: ella y el alemán se conocieron en el autobús y al llegar a Jonesville se montaron en otro para ver a los padres de ella en Ruffing.

El alemán, emprendedor y decidido, pidió la mano hablando un español más correcto de lo necesario para el caso. Los Barragán se verían uno al otro y como Viola iba ganchada al brazo del Karl-Heinz dieron el consentimiento y así fue como Viola volvió a su México natal (Tampico, Tamps.) y se casó con el de Baviera. La estancia en Tampico fue corta porque ascendieron al recién casado y le confiaron el cargo mencionado en la India.

La cosa iba como película hasta que la Segunda Guerra Mundial echó una buena parte del mundo al traste. Condujeron a la pareja a un campo de concentración inglés en las afueras de Calcuta y es enteramente posible que no lo hayan pasado tan mal. Cuando cursaban el segundo año de calor en Calcuta, trasladaron unos trescientos alemanes e italianos (entre toda esta gente a Viola Barragán de Ruffing, Texas,) a otro campo de concentración pero ahora en la parte noreste de la ciudad de Pretoria en la República del África del Sur.

El Karl-Heinz siguió siendo el mismo: fiel y lealote y esperando el fin de la guerra para volver a Alemania y seguir viviendo con su Viola. Como todo se acaba, la segunda mundial también y el matrimonio Schuler se dirigió a Baviera, el suelo natal del exagregado.

Al año se enroló con la Volkswagen Werke y en menos de tres meses volvió a Pretoria y, claro como conocía el negocio de cabo a rabo, se instaló no muy lejos de donde había sido prisionero y allí fue donde él y Viola empezaron a ganar todo el dinero que podían. El dinero vino a chorros y todo se veía bien para la viudita nuevamente hasta que la muerte le quitó el segundo esposo.

La muerte se lo llevó de repente pero sin tocar el dinero y la Viola volvió a Alemania para arreglar los asuntos del testamento y otras menudencias que nunca faltan. La cosa es que vivió en paz al lado de sus suegros por bastante tiempo hasta que éstos murieron y así ella decidió volver a Belken County de donde, como quien dice, había salido años antes con una mano adelante y otra atrás.

La Viola que volvía no era la misma: había cruzado ríos y mares, se las había barajeado en la India, en el sur de África y en Alemania. La Viola Barragán que volvía con su pensión del gobierno de Bonn y otros ingresos de las casas de seguro alemanas todavía le faltaban otros ríos y mares que cruzar y trances que pasar como, por ejemplo, su asunto con Pioquinto Reyes. Esto ocurrió cuando yo y Rafa Buenrostro empezábamos a saber de qué se trataba la vida.

H

—¿Qué le pasó, Echevarría?

—Pos mira cómo estoy, hijo . . .

—A ver, levante la mano . . . un poco más . . . pero más . . . ándele . . . (¡te vas a enlodazar, Rafa!) . . . no importa . . . agárrese bien . . . ahora, ¡déjese venir! Eso . . .

—Gracias, hijo . . . mírame cómo estoy . . . bola de montoneros . . . me vieron cuete y al pasar por el charco ese, pos . . . pos me empujaron . . . Mira qué desgraciados . . . y yo sin molestarles, tú . . . nada . . . me vieron y vamos a fregar a Echevarría . . . ¡Aprovechados! Nomás murió don Salvador y luego luego el chueco Emilio y Ernesto se volaron un punto . . . Vas a ver . . . un buen día se topan con un gallo que no se raje y ¡arrímate, Catarina, que aquí te quiero ver! Mira cómo me dejaron . . . lleno de lodo . . . chímpiotes, h'mbre.

—¿Puede andar?

—Si estoy bien, Rafa, no creas . . . es nomás que uno también tiene su amor propio . . . A ver, ¿a quién molesto cuando ando pedo? . . . perdona, Rafa, ya tú sabes . . . ¿Vas a que don Florentino? Cuídate . . . creo que iban pa llá o a lo menos el Ernesto . . . No es por desearle la mala suerte, pero ya verás, un buen día de estos se le va a ir la lengua y alguien lo va a calar . . . ¡y bien calado! Cabrón cree que porque tiene hermanos . . . Ya verá . . . Pelaos más gallones he visto yo, ¡que caray! Ya verá . . .

—¿Va a la casa?

—Sí, creo que sí . . . me voy a ir por los callejones . . . no quiero que me vean las gentes . . . Ta bueno . . . a todos les llega . . . ya verá . . . y al chueco ese también . . .

—Vale más que lo acompañe, Echevarría.

—No, hijo, no te molestes. Voy bien.

—No me cuesta trabajo, véngase.

—Sí . . . no se puede negar de quién eres.

238

Esa misma noche a Emilio Tamez le rebanaron la oreja izquierda y por poco le saltan el ojo: los dos Tamez —nada más porque sí— se le echaron encima al menor de los Murillo en La Lomita Bar. (Don Florentino andaba afuera y había dejado a Nacho Borda que cuidara la barra.)

Casi nada: el menor le arremangó una patada en la panza al Neto Tamez y luego saltó el mostrador, no hallando más, cogió el belduque que usan para cortar la carne de la botana y cuando el Chueco trató de encaramarse a la barra, el menor le cercenó la oreja como quien corta huesos de gallina: ¡zas y vuelve por otra!

El Chueco salió corriendo, llorando, chorreando sangre y echando madres. Ernesto se fue tras él haciendo vascas. El menor se quedó con el cuchillo en la mano, y a nadie en especial, dijo:

—Qué suerte . . . 'hora tengo que irme pa que don Celso, no tiene ni qué . . .

Al poco rato don Florentino entró al lugar y viendo al menor le extendió la mano pidiéndole el cuchillo.

—Nacho, ponte a barrer el piso. Bueno, gente, aquí no ha habido nada . . . Los Tamez no se rajan y por ese lado no hay que preocuparse. Menor, tú vale más que te vayas al rancho por si las moscas . . . ya sabes.

El menor de los Murillo meneó la cabeza y salió por la misma puerta de enfrente.

Los que estaban metidos en el paco y el dominó siguieron como si nada; don Florentino metió dos o tres botellas de cerveza en una bolsa de papel y le dijo al menor: Pa'l camino, muchacho.

—¡Eit! ¡Eit! ¡Rafa!

—¿Qué hay?

—P's casi nada, me voy a que don Celso . . . Oye, ¿qué es eso? ¿Es lodo o qué?

—Sí; los Tamez echaron a Echevarría en un charco.

—¿Cuándo? ¿'horita mero?

—No; ya hace rato . . . Dijo que los Tamez iban a La Lomita . . .

—Sí . . . allí estuvieron . . . ¿qué? ¿Vas pa llá?

—Sí, ya me toca la hora.

—Pos como te digo, de ahí vengo yo.

—Ajá. ¿Y ahora?

—A que don Celso.

—Me le saludas, Menor.

—De tu parte.

Emilio el Chueco, por bastante tiempo, llevó vendada parte de la cabeza hasta mucho después de que cicatrizó; la cosa se hizo de choteo porque aunque se cambiaba la venda de seguido no se la quitaba ni para orearla. Como son las cosas: al año se la quitó y nadie dijo nada.

El menor volvió a los tres meses durante la temporada de la sandía; consiguió chamba en la plataforma de los Montaño y allí paz y luego gloria.

Los Tamez no volvieron a molestar al menor pero éste, por si acaso —y conociendo la ralea— no les perdía de vista en las bodas, bautizos, velorios, entierros y en todas esas ocasiones que causan que la raza se junte de vez en cuando.

Esteban Echevarría había amanecido crudo y no salió de su cuarto hasta el día siguiente. Cuando vino a curarse con una Falstaff en la cantina de don Florentino se dio cuenta del pleito y se rió.

¿Qué se creían? ¿Que andaban jugando con un viejito? El que la busca la encuentra, jí eñor . . . Lo único bueno de esa familia es el mayor . . . el Joaquín . . . pero ese salió Cepeda como su mamá, la difunta Gertrudis . . . los otros salieron Tamez como don Salvador . . . Si siguen así, el Ernesto no llega a los treinta y si no, pa llá vamos . . . Ya verán . . . Oye, Rafa, arrímame una Flag fría, ¿qué tal?

I–J

Apple core!
Baltimore!
Who's your friend?
Elsinore!

Elsinore Chapman tiene quince años de edad y está de guardián en la puerta de la biblioteca donde, por ahora, me han vedado la entrada por varias semanas.

Elsinore ignora que en poco más de veinte años estará casada y divorciada y que seremos colegas (maestros de inglés) aquí en Klail High. Tendrá una niñita, Birdie, llamada así por alguna abuela apellidada Birdwell, y las dos calcarán un patrón parecido al de Elsinore y su madre donde hay padre y esposo en casa pero donde también existe cierta frialdad que, en esta familia, pasa por cariño y cortesía.

Entre las amigas de Elsinore se encuentran la Molly Loudermilk (que también se casará dando luz a dos o tres ejemplares); la Liz Ann Moore que se casará y se divorciará una y dos veces hasta casarse con alguien quien 1) la tolere; 2) la comprenda; 3) la ame; 4) y sepa que al que verdaderamente amó fue a otro muchacho —bolillo también— que murió en un choque bastante sangriento al tiempo que la Liz Ann iba en su primer esposo. Ambas, la Liz Ann y la Molly, vivirán en Houston y se verán de vez en cuando, tampoco mucho. Otras dos amigas de la Elsinore son la Belinda Braun y la Lulu Gottlieb que se hundirán en el famoso American Melting Pot: Belinda, andando el tiempo, también será maestra en Klail High (matemáticas) y se casará con un lechero; el hermano de éste, dueño de una gasolinera Gulf, se casará con la Lulu Gottlieb, chica que siempre saluda a la raza y por lo cual la raza vota por ella en las elecciones escolares: la verdad, pasó mucho tiempo para que aprendiéramos con cuántas tortillas llenábamos. En fin . . . Los hermanos, el lechero y el de la

Gulf, se apellidan Cooke. De éstos hay muy ricos y ricos y pobres. Dejemos este grupo que no da más y no hay para qué inventar.

Rafa pensó escribir de nuestro grupo escolar pero por esas cosas que pasan no le salió y entonces yo decidí tapar este hueco que tanta falta hacía en este cronicón del condado de Belken y su gente.

En el *study hall,* tres asientos enfrente y a mi izquierda, están Domingo y Fabián Peralta hijos de Adrián el Coyote de los de la raza, los gemelos Peralta hablan más inglés que nadie; el oficio del padre (trabaja la corte) les ha convencido que en nuestro mundo del Valle ellos tienen que enfrentarse sonrientes con el que sea y para lo que sea. Éstos, también, acabarán secos y curtidos como el padre y, también como el padre, se escaparán del ejército y de las delicias de los inviernos de Corea . . . los hay con suerte.

Los cuates Peralta no juegan fútbol y aunque no se sientan con la raza en los escalones del *gym* tampoco se juntan con los bolillos. El Coyote, cosa innata en la especie, es más bien solitario por condición y afición. Los cuates tienen unos amigos con los que asistieron a la primaria parroquial y de ahí que se conozcan desde hace tiempo. Rafa dice que yo les motejé de *desposeídos* pero, en realidad, no fui yo, sino él, Rafa Buenrostro.

Los íntimos de los cuates se llaman Noé Olmedo y Horacio Navarro. Noé es un cero a la izquierda que tiene una hermana gemela, la Fani, que se irá de monja quebrándome el corazón años después de la escuela, del ejército y de otras menudencias. Horacio Navarro es un ánima pedorra: no tiene sal, ni hermana, ni perro que le ladre; como se dijo, es un ánima pedorra. Este grupo, pues, no incomoda ni molesta, algo así como la caca del zopilote que, en las montañas, ni huele ni hiede.

Los bolillos más ricos en nuestra *graduating class* son seis: J. B. Longley, cuyos padres, nada jóvenes, se divorciarán porque el viejo Longley —*the Colonel, don't you see, ran off with a maid;* esto a veces sucede y a veces no.

Edwin Dickman que usa camisa manga larga y mancuernillas —y cuyos padres murieron cuando él era niño—. Lo criaron sus abuelos en una casa más grande que el First National City Bank

and Farmers Trust del padre de Roger Bowman, el número tres en
dinero, según la raza que de esto sabe y se entera.

El Roger tiene una Schwinn con canasta delante y otra atrás,
linterna eléctrica, campanilla y pito de hule que hace *kwek-kwek.*
El cuarto con dinero es el más guapo de la clase según la vota-
ción del otoño. Se llama Robert Stephenson Pennick y los que lo
conocen bien le llaman Robín; éste también le saluda a la raza y
ciertas chicanas se vuelan hasta tal punto que además de *Most
Handsome* también votan en masa para que salga *Best All Around,*
honores ambos que le servirán de algo cuando llegue a ser presidente del Kiwanis local, miembro del concilio de la escuela y
agente de una compañía de Independent Underwriters of America,
la agencia de su padre.

El quinto y el sexto de los ricos son primos: Royce Westlake y
Harv Moody; los padres de éstos se hicieron concuños al casarse
con las hermanas Ridler, Valerie, la madre de Royce, y Sybil, la de
Harv, y todos son metodistas aunque esto, quizá, no venga al caso.

Las bolillas ricas son Elsinore —la que me veda el camino a la
biblioteca por estricta orden de Miss Gwendolyn Pyle, B. L. S., y
las amigas de Elsinore: Molly Loudermilk (padre abogado), Liz
Ann Moore (hija del dentista) y otra algo simpaticona y con el diablo en el cuerpo: Babs Hadley (padre de oficio desconocido) que
fuma y toma, según las lenguas, y que de vez en cuando se huye con
Chale Villalón (según estos ojos que los ven mientras yo ando en el
bordo del canal con Fani). Chale morirá en Corea y la Babs casada
con otro estará viviendo en Galveston en paz y con su propia familia después de diversos intentos en la Universidad de Texas, *Our
Lady of the Lake* (para que apaciguara) y Texas Woman's University donde quemó varios colchones (sus propias palabras) hasta que
las autoridades universitarias la mandaron a paseo.

De los bolillos urbanos no tan ricos aunque tampoco tan pobretones como la raza —bueno, se habla de la mayoría de la raza; porque entre nosotros, no se crean, también hay unos con pica—,
como decía, de este grupo unos hablan español por aquello de
when you have to you have to y tienen apellidos que despiden tufo
de pobretería: Bosey, Cronk, Watfell, Bewley y así por el estilo.

Hay todavía otros dos grupos de bolillos de rancho. Los de más tierra que son algo amigos de los ricos urbanos y los de menos que tienen amistad con los urbanos pobretones; aquí parece que funciona eso de que el agua y su nivel tienden a procurarse. Los ricos con tierra suelen tener apellido alemán: Muller, Gottschalk y Bleibst; los de menos tierra de apellido inglés: Watkins, Snow y Alien, entre otros.

La raza con tierra en Klail y sus alrededores son los Buenrostro (no todos), los Leguizamón (todos) y las otras familias viejas que se aliaron para sostenerlas: los Vilches, los Campoy, los Farías, etcétera.

Veinte años más tarde casi todos los grupos que tienen tierra, engordarán, no se mudarán lejos del lar familiar, y se verán los sábados y domingos en las iglesias y en las cantinitas de Klail. Así que pasen esos veinte años o poco más, los hijos de esta gente tendrán carros propios y *fill 'er up 'cause we're going across the river* . . .

En esta clase de cuarto año somos cuarenta y seis y salvo dos, un chicano y un bolillo, todos nos vamos a recibir en mayo. El presidente del concilio escolar hablará y el superintendente pasará los diplomas; durante la guerra mundial un sobrino del presidente del concilio escolar había tratado de evadirse de servir: la raza se dio cuenta, ¡qué horror! la bolillada rica se dio cuenta de que la raza se había dado cuenta. Caso incómodo, sí, pero no infranqueable. El sobrino, casi al fin, se fue como oficial de marina. Algunos años después pocos se acordaban del asunto y los más se hacían zonzos.

De los cuarenta y seis, y también es casualidad, somos veintitrés varones y veintitrés mujeres y estamos subdivididos en veintitrés raza y veintitrés bolillada.

De la raza, amén de los cuatro nombrados —los cuates Peralta y sus amigos— los que respiramos somos los siguientes: Rafa Buenrostro, del barrio, el menor de los Murillo, también del barrio, y un bolón de muchachos del Relámpago, entre ellos Alfonso Vásquez que se fue casi derechito al bote después de la secundaria. (Yo, palabra, nunca supe por qué y veinte años más tarde nadie dijo nada sobre el caso aunque se ha de contar más de lo debido entre los concurrentes al *22nd Anniversary of the Klail High School Graduating Class* que se efectuó parte en el restaurante The Green Gauntlet y, otra parte, en los patios de la casa de Roger Bowman donde, milagro de milagros, la esposa de Ed Dickman, una bolilla del Valle pero no de Klail, me contó que ya me conocía, que sabía todo de mí y que *Ed's always talking about you and so, you see, Jehu, I think I really know you,* o algo así por el estilo. Yo tendría unos veinte años de no ver ni tratar a Ed; cosas del destino que no personales y lo único que nos trataríamos en la *high* sería un año cuando jugamos fútbol y la vez que nos topamos mientras andábamos robando naranjas ombligonas y pactamos no decir nada a nadie de este naranjal particular. Volviendo al Alfonso, que yo sepa, sigue alzado. Otro del Relámpago es Rafael Prado que se presentará con nosotros al ejército. Al salir se irá a la Universidad de St. Mary's y, al acabar sus estudios, al ejército de nuevo hasta la fecha . . .

Entre las muchachas del Relámpago hay tres Marías: de la Luz, del Pilar y de los Ángeles: son parientes mías y de Rafa según los apellidos: Farías, Sifuentes y Sánchiz (con i). Hay otra María: la Mary Ann Chapa que primero asistió a la escuela parroquial por la calle Wingate, en el barrio bolillo. Dentro de veinte años las cuatro estarán bien casadas y viviendo en Klail; sus hijos han de asistir a colegios y universidades en esa incesante lucha nuestra inculcada desde que uno aprende a mamar.

Otras dos, bailando el tiempo, han de ser puntos de cuidado: la Sofía Vergara (del Rebaje) y Emma Castro (del Rincón del Diablo) que quemarán mucha pólvora aquí y allí hasta que se les acabe el parque: Sofía, casándose con Julio Zavala que empezó con la compañía de la luz y agua y que por fin abrió su propio negocito reparando primero radios y más luego televisores; y, Emma, con Néstor Reyes, sobrina de Pioquinto que, como el tío, dará veinticinco años de su vida a los Torres, los de la tienda de ladrillo.

Hay varias rancheritas, entre ellas Conce Guerrero, la novia de Rafa Buenrostro, y otras cuantas que se irán pa'l norte: Blanca Aguinaga, la hija del tuerto Antonio Aguinaga que afilaba tijeras y cuchillos; Dorotea Cavazos, de gratas memorias que hará pare en

Michigan City, Indiana; y Elodia Carrasco, también de gratas memorias, que nunca volveré a ver.

Antonio Cisneros, de diecinueve años, es uno de los mayores de la clase. Se enrolará en el ejército, se librará de todo peligro y caerá en manos de una alemanota que se traerá al Valle; con siete años en el ejército a cuestas, ya no se encuentra bien en Klail y un buen día se presenta de nuevo y él y su güerona se van a Fort Hood, de allí a Fort Knox y de allí a ultramar para volver a Klail donde se jubila como *game warden* en Flads (Dellis County) con su mujer y cinco o seis escuincles chicanos-alemanes; un cruce de sangre bastante simpático.

Dos saldrán abogados, el Julián, primo de Rafa, y Timoteo Díaz, el hijo de Timoteo viejo, el que trabajó con la compañía del agua. Julián tiene diez y seis y Timoteo anda en los dieciocho, viven en el barrio y son, como se dice, buenas reatas. Timoteo se hará juez de paz por cierto tiempo para luego irse en compañía con unos bolillos. Julián se irá a Jonesville-on-the-River por cierto tiempo y luego se irá a Bascom y de allí a Edgerton donde se plantará como nogal de pecana.

En la clase, como en este relato, hay mucha separación; sin decir palabra y con cierto entendimiento aprendido o adivinado por ambos lados.

Al pasar los veinte años, Miss Pyle, la maestra que me privó entrada a la biblioteca, está más vieja pero no por eso la pobre deja de ser menos bruta.

La Elsinore sigue sentadota allí a la entrada de la biblioteca y todavía ignora lo que pasará de aquí en veinte años.

Apple core!
Baltimore!
Who's your friend?